模糊的余影

石评梅◎著

吉林出版集团股份有限公司

图书在版编目（CIP）数据

模糊的余影 / 石评梅著 . —长春：吉林出版集团股份有限公司，2017.9（2021.5 重印）
（昨日芳菲：近现代名家经典作品丛刊）
ISBN 978-7-5581-2917-9

Ⅰ . ①模… Ⅱ . ①石… Ⅲ . ①游记—作品集—中国—现代 Ⅳ . ① I266.4

中国版本图书馆 CIP 数据核字（2017）第 194940 号

模糊的余影

著　　者　石评梅
策划编辑　杜贞霞
责任编辑　齐　琳　史俊南
封面设计　老　刀
开　　本　650mm × 960mm　1/16
字　　数　200 千字
印　　张　14
版　　次　2017 年 10 月第 1 版
印　　次　2021 年 5 月第 2 次印刷

出　　版　吉林出版集团股份有限公司
电　　话　总编办：010-63109269
　　　　　发行部：010-69584388
印　　刷　三河市京兰印务有限公司

ISBN 978-7-5581-2917-9　　定价：42.80 元

目　录

诗歌卷

戏剧卷

游记卷

诗歌卷

微细的回音

十一月二十四号敝校请爱罗先珂讲演“女子与其使命”一题，我觉得他温和的态度，诚恳的呼声，使我心中反应出一种微细的回音，我不愿摧残我一时的心潮。写出以博我心灵的安慰！

月色迷蒙，
一层淡红的幕纱罩着；
她拖着雪色的披纱，俯着头，
伏在荒芜黑暗的花园里祈祷着！
她的泪洒活了自由花！

她仰起头啊！望着碧苍的天。
隐隐微细的呼声，
欲唤醒沉沉数千年的同胞，
和恶魔奋斗！

她说：
朋友啊！
在荒芜纷靡的花园内，

荆棘布满的小径里；
鹰搭了巢！蜂做了窝！
我们的生命是怎样痛苦啊？
呻吟在地狱生活的同胞！胜利的魔鬼狞笑！

朋友啊！
在黑云阴霾的夜里，
灿烂的繁星，
缀成了光明的烛球，
照着那美丽的花园。
朋友啊！
拿你的血泪去改造粉饰那荒芜的花园。

朋友啊！
假如你遇见些活泼安琪儿。
你怎样安慰她呵？怎样导引她呵？
我相信宇宙间，最快乐欢欣的，
是我把上帝的心，告诉我可爱的人。

朋友啊！
记着！
在小朋友烂漫天真的灵魂里，
告诉他：
“世界是我们的摇篮，人类是我的母亲。”

朋友呵！
记着！

在小朋友洁白无尘的脑海中，
你指引着；
航着生命之楫，
摇着幸福之橹。
在波涛汹涌的生命流中，
燃两支爱真理爱自由的红灯——照着——
前途的成功建设！

模糊的心影

春波激荡着，
人类所宝贵的乘着光阴的船驶行来；
只留下碧蓝中拥护的皎月，
照着那憔悴的梨花；
一缕一缕含着那惠风的颤动！
他披着白色的肩巾。
伏在那清静寂寞的天心下，
罄她心里所蓄的，贡献于上帝；
祈祷那汹涌的怒涛，
不要了她……和人类共搭乘的幸福船。

白绫般的泉水滚着浪花冲出去的时候，
不问那下流的阻礁和污浊，
带着他那清净的本质，
悠然的去了！
沉闷的诗人呵！
玫瑰艳红之心哟，
如荼如火之情哟，
都化作点滴的泪珠，直滚到那清冷冷的泉心里！

微波振荡着，仿佛说：
“人类痛苦之余沥呵！
命运之神的成功啊！”

落花在亲爱的枝头，
终于抛弃了；
随着风去飘泊，
任那水去浮沉；
她何曾希望锦囊收艳骨，
涛笺吊香魂。
在沉闷的诗人之心魂里，
已充满了人生辛酸，懦弱的小心呵！
伏在花旁呜咽了！
在惨淡的生之幕内，闪耀着些微光！
花之魂耶？
诗之神耶？

密密的林阴，
浓浓的花影，
回旋着悠扬悱恻的哀音，
轻轻笼罩着和暖的惠风。
看哪！
不幸的梨花，坠在地上终于尽了生之期呵！
不尽的余香，犹在枝头芬芳，
不尽的余音，犹在枝头绕着。
命运之神呵！
在梨花灿烂的香魂里，

已把懊恼的灰色网与她罩上。

诗人在静默的夜里，
银光团团拥护着，
终于为使命而祈祷了！
艺术之神呵！
在沙漠般枯寂的园里，
太荒芜了！
在你的花篮里，散几朵艳红的花片；
在你的露瓶中，洒几点香润的甘露；
将来你能看到：
青年之光的灿烂！
青年之华的美丽！
诗人倦了！
心灵飞进花丛中舞蹈！
嗅着那紫罗兰的香魂，
沉沉如醉！闷闷地睡去！

罪恶之迹

同情之泪呵，

我不禁为人类而洒！

罪恶之迹啊，

我不禁为人类而悲！

压在心尖上的雁儿，

终于为了宣传正义，

飞在空中狂呼了！

浓浓的花荫下，

密密的草地上，

我常看你为了人生沉吟着！

墨云似的发披肩；

新月似的眉如画；

在春之园里，

你宛然像一枝向阳玫瑰花。

我傍着花慢慢地走过去，

恐怕我的裙角，

飞吓你的幽思；

心中蓄满了的爱慕和敬仰，
只可在我的灵府供养，
不愿在你面前张扬。

为了创造新文化，
为了建设新国家，
为了警觉沉睡的同胞，
为了领导迷途的朋友，
我情愿伏在你的裙下，
求仁爱的上帝挈助你。

光明的使者，
微笑张臂的欢迎你；
幸福的使者，
将意园备好招待你；
他们把一把锄与你，
开辟那文艺的田地。
一支担与你，
肩起那一生的命运。
在你娇小的躯壳上，
有怎样大的希望呵？

你似紫罗兰，
你似白丁香，
在生命之园里，
你前途是何等的光明、灿烂、芬芳！

但我不忍说了，
终于使我失望！
终于使我心伤！
是人类永久的悲哀呵？
玫瑰花，
紫罗兰，
白丁香，
无端受了暴风雨的摧残；
捡起来供在恶魔的几上，
折下来簪在恶魔的襟上，
一切…一切…都牺牲了！
堕落在不可施救的深渊下。

不幸呵！
堕在数千年布好的旧网！
染遍了污浊！
传尽了网罗！
懦弱哟！
你终于为眩目的虚荣战败了！
你终于为虚伪的爱情牺牲了！

在黑沉沉夜之幕下，
恶魔狞笑着，
小小……的魔术，
将空中翱翔的鸿雁，
消灭了万里鹏程愿。
可怜呵！

人类的罪恶！
将鲜花揉碎，
装他的辉煌。

陷阱布满了人间，
罪恶都隐在心尖——
白云遮不尽，
血泪洗不清！
心灵上的伤痕是多么深呵？
我爱慕敬仰的朋友呵！
“莫能助”吗？
“命运”吗？
这是懦弱自掩的话！
总之朋友呵！
我不为多才多艺的你吊！
我要为云雾沉沉的女界吊！

一九二三，四，二十八日。北京女高师

京汉途中的残痕

人生都付在轮下去转着，
谁能找到无痕的血泪啊！
命运压在着满伤痕的心上，
载着这虚幻的躯壳遨游那茫茫恨海！

别离是黯淡吗？
但斟清泪在玛瑙杯内，
使她灌在那细纤柔嫩的心花里，
或者能把萎枯的花儿育活？

攘攘的朋友们，
痛苦的胁迫，
都在心的浅处浮着。
痛苦呵，
你入不了庄严的灵境！
在坦荡，清朗的静波里，
没有你的浮尘呵！

呵！

夜幕下是何等的寂寞萧森哪！
幢幢的黑影，
伴着那荒冢里的孤魂。
尘寰中二十年的囚傭呵！
那一块高峰！
那一池清溪！
是将来的归宿哟！

在永镌脓血的战地，
值得纪念吗？
我只见鲜血在地中涌出！
我只见枯骨在坟上蠕动！
恨呵！
在这荒草中何能瞑目！

胧朦的眉月，
分开那奇特云幕，
照着这凄惨的大地。
月中的仙子哦！
可能在万象肃静中，
抚慰那睡着的爱儿，
在脓血里，洒一把香花，
在痛苦里，洒一付甜蜜之泪？

咳！
月儿也黯淡了，
泉声也哽咽了，

只闻着！
荒山中的惨鸣，
烂桥下的呻吟！
梦吗？
玉镜碎了，
金盆化了，
杜鹃为着落花悲哀了！

地上铺着翠毯，
天上遮着锦幕，
空中红桃碧柳织就了轻轻的罗帐，
江畔白鹅唱着温柔的睡歌，
何日能这样安稳地睡去呵！

黑暗中的红灯呵！
萤耶？
燐耶？
像火珠似的缀起来，
簪在我的鬓旁；
把浓浓的烟在空中浮着，
将这点热力温我这冷冰了的心房。

叫我去何处捉摸呵，
她疾驰得像飞燕一般掠过去！
你既然空中来的无影，
空中去的无踪，
又何必在人间簸弄啊？

我想乘上青天的彩虹，
像一条破壁的飞龙，
去追那空泛的理想去，
但可怜莫有这完美的工具啊！

我扶在铁栏杆望着那夜之幕下的风景，
在黑的幕上缀着几粒明珠的繁星。
惨惨地闻着松林啜泣，
呼呼地听着那风声怒号，
我的心抖颤着，
“宇宙之阴森呵！”

清溪畔立着个青春的娇娃，
收地上的落花撒在流水里荡着，
恰好柳丝儿挂住她的鬓角，
惠风来吹拂在肩头，
她微嗔着跑去了。

烂漫天真的女郎呵！
我愿化作枯叶任你踏蹦，
我愿化作流云随你飞舞！
悲哀的心，
只有这样游戏罢！
我猛忆起荷花来了！

你清白的质呵！

在污泥中也自有高雅的丰采，
但是险恶的人类，
又拿着火焰的扇来拂着你了！
孤独者呵！
在沉闷中谁吹着角声？
我愿在这暖暖的幕下，
寄寓我这萍蓬呵！
同情心的花太受摧残了，
我哭着我的前尘后影，
但梦境呵，
依然空幻！

当我梦境香浓的时候，
江南的画片，
印入我的残痕。
这生命的历程啊，
在枯叶上记下吧！

五月二十三号，武昌女师范。

星火（一）

满地落叶，
铺遍了初冬的黄昏，
我手握束鲜丽的花儿，
去敲那魔宫之门，
淡青锦被下，
现出了人间箭儿射伤的香谷；
麝兰般的气息内，
蕴扬着几丝儿微恨。

朋友呵！
在春园中的玫瑰花畔，
我救只刺伤了的杜鹃；
群花都诅咒玫瑰花的残忍，
但玫瑰花方自恨把保护的枪，
误伤了多情的杜鹃。

朋友呵！
在你檀香焚烧的心中，
灭却那悲愤的火，

腾起那快乐之焰；
把宇宙呵！
将你的温暖的心房幻化？

人生：
秋的飘零，
春的繁华
朋友呵！
值得在静沉沉的深宵一想？

案上的黄花在笑，
窗外的小鸟在唱；
何不打碎人间的桎梏，
睡在那摇篮而微笑！
聪明的朋友！
人间的网！
原不能把你笼罩。

病魔原是心里的“撒旦”呵！
要把他炸得粉碎，
试抛一粒开花之丸。

昨过女高访我友香谷病，返后，颇悟人间一切多由神秘作用，乃写诗寄慰。越日把晤，香谷遂以笑靥相迎，知其病已在外而不在内矣，为之一笑。

十二，十一，十二，识于梅窠。

星火（二）

——慰兰姊

我载了人间飘泊的躯壳。
踏着憔悴的黄叶，
拂着抖颤的枯柳；
抱了束美丽的黄菊。
去叩你病宫的玉门！
药香里，绒毡下，
出现了箭儿射伤的你！
馨兰般的气息中。
都带着几丝怨恨！

朋友呵！
我曾在春园中的玫瑰花畔，
救了个玫瑰刺伤的杜鹃！
群花都诅咒玫瑰的狠残；
但我早悟到了。
玫瑰自愧伊有护卫的枪；
误把多恃的杜鹃受了伤！

朋友呵！

在你檀香焚炽的心炉中。
灭了那悲愤的火。
燃那快乐的焰，
都把它焚毁！
宇宙呵！
原也是乐园，
原也是荒薮，
全恃你心灵去幻化！

人生——
又何须猜想？
秋呵飘零，
春呵繁华；
心房中的炎凉原也是这样！
朋友呵你想——
在静沉沉深宵——
你抚心想！

案头的黄花在含笑！
窗外的小鸟也在歌唱！
你何不抖抖人间的桎梏。
静静地睡在那摇篮内微笑！
聪明的朋友呵！
人间的网，
原不能把你笼罩——！

病魔原是心魔。

你心炉中燃一颗愤悟的炸弹，
把它粉碎！
我把这小小檄文——
将它驱逐，
这一星心火，
消了你满腹冰雪！

十一月十二日旧作，北京。

灵感的埋葬

我感不着深长的苦痛，
惨切的凄怆；
确是证明了我灵感的埋葬。
在这沉静深蓝的夜幕上，
谁缀了几粒闪荧的美丽星花？
在这凄切哀婉的笛声中，
谁歌出人间难诉的怨恨？
原不过是刹那的心浪：
乘着这血未凉，
墨未干，
我把这残痕留在纸上。

诗人沉醉在悲哀的杯里，
他怀疑：
愉快的帷里，
为何隐几支黯淡的红烛啜泣？
人生呵：
永远是在这怒涛汹涌的海上，
摇着这叶似的船儿飘荡；

但静默的灵光；
又在何处辉煌？
永远是伴着枯萎的花篮，
卧在蔓草中做梦吗？
但是春风呵；
又何曾吹到枕边？
人间的迹踪，一层层加深；
心中的悲哀，一重重罩笼；
朋友呵：
这便是人生。
对着惨淡的灯光，
望着壁上的影儿摇晃，
这时心情，是怎样梦绕着故乡？
月光映下窗上的花痕，
猛忆起三年中迷恋的旧梦？
这时心情是怎样悔悟的讪讽？
清静沉寂的深宵：
听夜莺的悲歌，
想人间的波纹；
这时心情是怎样清醒的惊悟？
寒寂的古庙中，
黯淡的佛灯旁；
细捻着念珠，
忏悔这半生迷惘，
这时心情是怎样空洞？怎样平静？
我曾将檀香炉中焚炽的火球，
浸入那阴寒的冰雪地窖；

我曾将毒汁沸腾的药酒，
滴在温热的柔脆心房。
这种彻骨的辛酸泪，
洒满了深宵的枕衣；
到而今才悔悟作末次的忏悔。
斩断了难断的血丝，
补好了难补的洞伤；
乘着繁星在天，
花影已睡。
航了这飞快的船儿，
逃出了深长的孽海！

人间奇想，
满裹了血泪的丝网，
在冰雪沙漠中埋葬。
更泣祷上帝，
不再开红艳的希望之花。
谁料忠诚的灵魂，
搴揭起叛旗？
但这不值怀疑；
为了忠诚：
对着惨淡的灯光，
才含泪忍痛这样地牺牲。

宇宙中的一切，
都漠然的冷笑！
我感不着；

箭射是怎样深？
刀刺是怎样痛？
少女的憨笑是怎样含情？
青年的啜泣是怎样动人？
那不忍南去的雁儿，
归歌是怎样凄怆？
确是证明了！
——我灵感的埋葬。

一九二四，一，十三，神清夜静时。

山灵的祷告

当我随着银瀑冲下的时候：
中途逢着了明莹可爱的礁石，
伊携了我的手，
暂卧在这巉壁的崖上。
可以望见灿烂的云霞，
微渺的星河；
深林里：
依稀听到鸟韵歌唱，
我战兢兢向这银瀑下瞭望！
恐怖里：
依稀又听到蛟龙的低语。

朝霞披了淡红的面纱，
阳光怒射着金箭似的光芒！
鸟儿赞美着这火烧似的红光！
天空中漫飞着白云飘荡。
那时我也和着小鸟儿；
歌颂着宇宙的光华！
猛然见树林摆动；

山灵拖着灰白的云裳，
向着这金盆里的生命火光，
祈祷着希求的欲望。
龙鳞闪闪的太阳呵：
红的希望之花蕾，
已开遍了这翠笼的山；
碧的青春的草儿，
已铺遍了这绿浸的泉；
樵夫的鬓丝满染了银辉，
村女的红颜敷着了玫瑰。
但我一天所祈祷的呵！
永远是空虚！

宝座辉煌的太阳呵！
淡淡的雾，浓浓的烟，
永笼不住生命的火焰！
流水飘送了落花——去，
雁儿逢着了秋菊——归，
生命的花，
一度一度开了又谢！
神执着的红烛仍未灭熄！
我要把青春系住；
我要把夕阳挽留，
愿你的光焰，
永照着我这美丽的山，
但我天天所祈祷的呵！
永远是空虚……

这低微的声息，
留在我耳鼓中荡漾；
不料无情的瀑布，
已送我到不可思议的渊底！
山灵呵！
这刹那的人间，又何须奢望呵？
听歌的人儿，已同蛟龙赴水宫作伴，
仅留着未尽的祈祷余韵——在这深深的流水声里。
当我感叹的气息停止时，
原是场迷惘的梦境！

一九二四，二，一，北京

末次的泣祷

朋友呵，

请原谅我！

因为人生是这样颠倒！

我才将三年的索绊，

用无情的斧儿，

斩断了一切的迷恋！

我们的过去，只不过是梦；

梦幕上我赠你几粒明莹的星！

我们的过去，只不过是梦；

梦境中我赠你无限的隐痛！

朋友呵：

请原谅我！

为了你的愉快和幸福，

我怎忍陷你在迷惘难宁的心境。

朋友呵：

愿你只诅咒我是病伤了，

我是疯狂！

只看作北来的雁儿，

停息在你的檐下——
无几天的羁栖。
墨浪停滞着，
我的泪不禁向心头流，
但朋友呵：
你毋须想到我的悲苦！
宇宙呵：
原是游戏场。
只当作流水载了落花，
无意中飘到你的门前；
只当作无家的燕儿，
无意中曾栖在你的树巅；
为了这未尽的缘，
何须忆；
从前血泪怎样流？
从前的友谊怎样坚固？
我已狂领了毒汁的浓酒，
醺醉中聊寄这无限的悲苦！

生命波纹上起了几点浪花，
生命途程中印了几层深痕；
朋友呵！
你的心情本早毁伤！
我的灵感业已埋葬！
乘着神座前的红烛未熄，
夜莺正歌着临死的挽歌，
我们共爱的紫罗兰，

也伏着身躯萎在神的足前，
那时我们同伏在这静默含笑的白玉像下，
含着人间的隐痛，
负着深长的创痕，
作这不得不如此的——
末次的泣祷！

你告她

（一）

斜阳照着古道。
马儿载着惆怅；
离曲低低吟。
别恨默默咽。
深林里啼血的杜鹃呵！
你告她：
“我原是密网底逃出的飞鸿，
振翼向故乡来看母亲。”

（二）

过着无数的悬崖深涧，
听：
天风的飘飘呵！
流水的滔滔呵！
灿烂的夕阳西陨，

夜莺的歌儿更凄清！
你告她：
“我想任马蹄踏遍了地球，
燃起我光明的火把！”

（三）

采道旁的蔷薇，
收清晨的露珠；
编织顶美丽的花冠，
请燕儿衔献到她的妆台前。
你告她：
“途中无纸笔，
权作一幅相思笺？”

北京，梅窠，蒲节后一日。

春的微语

我依稀是一只飞鸿，
在云霄中翱翔歌吟；
我依稀是一个浪花，
在碧海中腾跃隐没。
缘着生命的途程，
我提着丰满的花篮儿，
洒遍了这枯燥的沙漠。

我只想环绕着，
繁星的宝座飞翔；
静听着天宫的群神，
颂扬那创造者的光华！
玉琴的悠扬里，
上帝把一束春之花，
戏簪在我的鬓旁。

洁白的波涛，
在深涧的生命海中浮飘，
光华的明珠。
在瀑泉底迸跃。

这音韵似偷弹玉琴，
似静听裂冰。
深茂的松岭上，
悄悄地捧出了微笑的朝阳！

聪明的朋友呵！
泪珠儿为何要洒向天涯？
埋葬了花魂，
蛰伏了秋虫，
都在彩色的尘土中复生！
朝阳呵如烘！
云涛呵上涌！
桃妹妹和柳姊姊，
替杜鹃结识了一座音乐亭！

沉醉在惠风的怀里，
把柔和的暖意。
沁入枯冷的心脾；
拥抱着天河畔的七星，
将熠耀的翅儿，
惊醒了梦里的花魂！
纵然少女诅咒我的皎颜，
青年忌妒我的多情；
我将用困倦的网儿，
把永久的遐远的宇宙罩定！”

四，十，北京。

夜　行

（一）

凉风飒飒，

夜气濛濛，

残星灿烂，一闪一闪的在黑云堆里，

松柏萧条，一层一层的在丛树林中。

唉！荆棘夹道，怎叫我前进？

奋斗呵！你不要踌躇！

（二）

行行复行行，

度过了多少黑沉沉的枯森林，

经过了无数碧草盖的荒冢，

万籁寂寞美景遁隐，

凄怆！凄怆！

肮脏的环境，真荒凉！

（三）

车声辚辚，好像唤醒你作恶梦的暮鼓晨钟！
萤火烁烁，好像照耀你去光明地上的引路明灯！
你现时虽然在黑暗里生活，动荡；
白云苍狗，不知变出几多怪状，
啊呀！光明的路，就在那方！

（四）

哦！一霎时，青山峰头，
拥出了炎炎的一轮红光；
伊的本领能普照万方，
同胞呀！伊的光明是出于东方！
你听那——
鸟声喈喈，不住的叽叽！咋咋！
溪水曲径，不断的湫湫！潺潺！
你看那——
山色碧翠，烟云弥漫；
田舍炊烟，一缕一缕的扶摇直上。
呵！
美呵！
自然的美呵！
我愿意和它永久生长。

疲倦的青春

疲倦的青春啊，
载不完的烦恼，
运不尽的沉痛：
极全身的血肉，
能受住几许的消磨？

天公苦着脸，
把重重叠叠的网都布好了？
奋斗的神拿鞭赶着：
痴呆的人类啊，
他永不能解脱？

缠不清的过去，
猜不透的将来？
一颗心！
他怎样能找个恬静的地方？

凭一时的春，
扶持不住永久的人生；

严厉的风霜逼着，
冷峭的冰雪浸着；
眼看着沉溺在暴风的威权下！

疲倦的青春啊！
你心幕内的繁星闪烁，
蕴藏着温柔之光！
闪耀着爱神的华！

春之波

——散文诗

春之波在爱之河荡漾着，人类的宝贵者，他乘着光阴的船驶行了；只留下碧蓝的幕上，镌着一轮皓月，照着那梨花树叶——一缕缕含着惠风的颤动。她跪在那清净寂寞的天心下，倾她心里所有的，贡献于上帝。她祈祷那汹涌澎湃的怒浪巨波，不要覆了她幸福船！

自绫船的泉水，滚着浪花，由山崖冲出的时候，他不回顾那亲爱的川渊，只带着他洁净的本质，悠悠地去了，沉闷的诗人啊，把伊郁结的心血，都化作了泪泉——一滴滴的从眼腔内滚到那清冷的泉心，泉心振动了，皱着眉头说："这是人类苦痛的余沥，我愿意拿欢乐之泉洗净他。"

一片一片红花瓣，辞了她亲爱的枝柯，落在地上的时候，她心里很舒服逍遥底随着风儿飘荡，任那水去浮沉；她不希望锦囊收艳骨，涛笺书孤魂！花开花落，她一任天公。但沉闷的诗人啊！从他心灵中搏动的余韵，知道他能安落花之魂吗？牡丹啊！你艳红的腮儿上，沾了谁的泪痕？当她驻了足，拿心灵的碎片，要问她的时，他的泪又洒在伊的腮上。

一九二二年十月二日

流萤的火焰

心头堆满了人间的怅惘，
走进了静寂迷漫地夜园里，
藉着流萤的光焰，
访那已经酣睡的草花，
暗沉沉呵！
无明月之皎洁，
无繁星之灿烂，
无烛光之辉煌。
蝙蝠在黑暗里翱翔，
朔风吻着松林密语，
踽踽者笼罩在花影飘荡的亭上，
望着云天苍苍，
回忆那人间的前尘后影呵！
“前尘后影呵”，
那堪回忆！

美艳的牡丹，
变作了枯紫的花片烂埋在地下；
青春地少女，

红粉化作了骷髅；
锦绣般地花园，
他年变了荒凉的古冢！
造物哟！
花呵不常红，
草呵不常青，
徒苦了勤恳的园丁！
香梦正酣的花儿，
可知道荷亭下有人悲恸？

夜寒衣薄，
倚着凄淡的梨花共寂寞！
没个鸟儿来同她共话？
没个虫儿来伴她幽唱？
只闻到风卷涛声，
激荡着宇宙之狂谜，
发挥那人间的激昂。
有这点声息，
我涌血的心房，静静地为自然高唱呵！

当我花心香焚炽的时候，
浓馥地烟云，
沉醉了众花的魂魄；
心之光，
复活了满园地的春色。
夜来香放出馨兰的气味，
诱着浮游的飞萤，

冷死在紫藤上、这是何等的凄凉呵！
留一点余光伴着孤寂的花儿。
她们都怨那流萤！
去的匆忙，
夜来香遗下了终生的怅惘，
她们为他挂起了鱼白色的云帐，
铺花瓣，毡苍苔，
杨柳千条挽他的余芳；
绿荫的松柏支起了灵床，
把飞萤的尸首葬在梨花树旁，
好拿梨花的悱恻，
慰他的寂寞凄凉！

花梦醒来，
流萤何在？
人间的落伍者呵！
在夜色迷漫的花里，
幻想着人间的悲哀，
败叶中都包满了尸骸，
痴狂的梦境呵！
流萤呵！

你复活在紫藤上，
把你的光放大来，
人间的罪恶原没有沾染你？
明月的光——皎洁啊；
繁星的光——灿烂啊；

烛光爆开了红花——辉煌啊！
都赞美流萤的复活！
美艳的花枝婀娜着，
悠扬的鸟声歌唱着，
一轮红日捧出，光明了锦绣的花园；
人间的乐园出现了！
飘渺中奏着天乐。

一九二三，六，三，南京莫愁湖畔。

烟水余影——西湖

窗外雨声淅沥——
一缕缕愁丝。
抖起了脑海中的旧痕；
乘着这花香人静的深夜里，
我轻轻地握着管笔儿，
在无痕的纸上，
要写这人间的花纹。

眼底涌现着宇宙的神秘，
脑中摄取着人间的美丽；
笔尖儿刺破了纸儿，
依然捉不到，我的话儿；
望着窗上的人影儿，
案头的花香，
沉吟着！

何时，仙宫里坠下碧玉池？
神山中飞出灵鹫峰？
尘世的游魂哟，

要在碧玉池里洗他的心灵！
要在灵鹫峰头换他的真神！

自然能抛了人间的一切！
扁舟渡那滟潋的湖，青螺的山；
宛如西子明眸中的水晶液，
挽着那青松的凤凰髻！

烟耶？雾耶？
羽衣翩跹，
轻惠的风在裙底飘着，
缋裳绛纱在峰头舞着；
恐仙鹤飞来，
凌空复归去？

玉磬般的音韵，
抑扬湖面，
轻波微荡着，
娇音犹闻“杏花村”，
隔岸渔歌和声轻。

一幅红绛色的云霓呵！
谁撒手为人间搭了渡桥？
几粒宝钻，
万道金光，
作那照遍人寰的路灯。

月儿呵！
笛声中，
有多少泪痕沾胸？
立破残更，犹恋着湖中三潭影，
何处玉人？

疏柳中挂着荷香缕缕，
魂耶？神耶？
融化在一片空明里。
断桥在清波上横卧，
雷峰在苍松中孤望，
无明月，
无浓酒，
只对着平镜的西湖，
咽一些人间的清泪！

乱石堆着，
像我心头的沉闷！
苍苔活着，
记我旅客的行程；
从那银色皎洁的湖底，
看到这古苍巍峨的雷峰！

明月一轮耶，
嵌入碧蓝的天空？
红云一朵耶，
浮在清朗的霄汉？

呵！西子胸头的一粒宝钻！

披了浓黑的面纱，
罩着翠绿的绡裳；
由红云的日内，
慢慢地进了她的闺房。
把一颗夜明珠，
抛在湖心里荡漾着！

我扶着雕栏望着，
泉声幽咽，
鸟语喧哗；
一片片红叶由峰顶飘落！
飞来峰头的嵯峨，
宛似西子襟上的，
一朵千叶莲花！

在虚幻的生内，
原可留点余痕啊？
美人的艳迹，
英雄的伟业，
都在淡淡的湖色中映着！

夕阳的余辉，
恋着秋墓；
杨柳翘首，
似哀神州之陆沉。

细雨漾漾，
湖色微皱，
一层薄薄的烟霞；
罩着模糊的翠峦，
把“美”啊！
留在淡淡的妆里。

雨后的西湖，
似淡月下的梨花，
隐约着绡装的美人；
对着模糊的花草，
低徊叹息。

一幅白绫，
斜挂在碧苍峰头；
激成了碎玉般的音乐，
唱破了深山中的沉寂。

登了葛岭的高处，
看哪，
翠峰屏立，
碧湖环绕，
红旭一轮，
慢慢地由烟雾中涌出；
映在碧苍中，
像醉了的西子，

两腮微红。

脚底涌现着,
白云千万片!
天边横系着,
银线一缕缕;
西子的雾鬓云环,
尽在我低头一看。

烟波千顷,
红莲内藏着白鸥;
依稀啊:
鹤子在空中飞翔,
梅妻留孤屿余香;
梅在魂内?
魂在梅上啊?
处士墓旁,
永志着流芳。

碧水盈盈内,
可有小青的瘦影?
梅花的芯里,
可含着小青的泪痕?
听啊,
夜半啼莺。
哀怨犹自歌长恨。

万岩中的妙境，
渐渐探出去；
落花沉涧，
鸟语落风，
黄白蝴蝶飞翔；
我的灵魂沉醉在红叶堆内。

万峰苍茫，
峭耸嵌空，
洞口涌着暮云，
凝着紫絮；
在炎热的火球中，
这是清凉地。

柳梢头，
寓着我碎了的心片！
竹韵里，
听到我颤动的脉浪！
脚下涌出了云烟，
晓雾抹成了绯霞。

山色湖光，
都卧着默默地睡去。
依稀模糊，
似海上涌现出一座神山！

可爱的湖色啊！

暮云，
晚霞，
都嵌着碧崖翠峦；
在淡淡的烟里笼罩着。

梦中的恋影，
留下深深地嵌痕。
一幅图渐渐地隐去了，
未来的深情，
在湖水漾漾地凝眸中。

一九二三年六月十号。西子湖畔。

一瞥中的流水与落花

（一）

欢乐的泉枯了，
含笑的〔花〕萎了！
生命中的花，已被摧残了！
是上帝的玄虚？
是人类的错误？

（二）

曲水飘落花，悠悠地去了！
从诗人的脑海里，
能涌出一滴滴的温泉，
灌溉滋润那人类的枯槁——干燥。

（三）

曲水飘落花，悠悠地去了！

从诗人的心田里，
发出一朵朵绯红的花，
去安慰凄凉惨淡的人生。

（四）

流水寂寂。
落花纷纷；
何处是居停？
自然界一瞥中的安慰，
默默无言地去了；
在诗人脑海里，留下什么镌痕？

（五）

明媚的春景，
只留下未去的残痕，
青年人的心，一缕缕的传着，付与春光吧！

（六）

烂漫如锦的繁华，
一瞥，
朋友们的兴奋又受打击；
流水落花是生命中的踌躇。
进行呵！
空掬伤春泪，难挽回落花流水辞春归。

别　后

在沉默肃静的夜之幕下，
花影披靡，
馨香飘浮；
映出那过去的幻影闪烁着！
迷离恍惚中，
我伴着柳丝儿，
回味那人间的酸辛，
猛忆起往年旧痕。

皎皎的明月，依然照着茜窗；
婀娜的人影，依然印在墙上；
未眠稳的黄莺儿，依然在枝上啼着，
听何处送来的：
低徊小吟，
悠扬琴声？
猛感到别后的怅惘呵！

生命之花同时灿烂芬芳的时候；
命运之神呵；

在未来的光辉里，
闪烁着懊恼的残影，
笼罩着人间的悲哀！
忆哪！黑云阴森的夜景，
光明的烛珠在沉沉的幕下燃着！
银涛起伏中，
载着幸福之船航去了！
那时我忍了一腔热血，
一松手把幸福之楫抛去；
人间的失望呵，
成了群中的遗物！

忆哪！清风飘荡着花香，
皎月彩映着人影，
旧痕永镌呵！
那时我忍了一时悲哀，
把系在枯枝上的心摘下，
埋在那白云笼罩的红梅树下。

总可以大声的痛哭呵！
为了不能发泄的酸楚！
在别之后，
但一把麻木的神经，
付与命运之神的手中了。

梦中的追忆，
或有时能模糊的现出那淡淡底影，

深深的痕，

在你心底反映中……

一九二三，四，三，北京女高。

我愿你

当我按着心潮，
伏在铜像下祈祷的时候，
惠风颤动的桃花，
像你含笑的面靥。
高悬穹苍的眉月，
似你蕴情的秋波；
蓊郁林中的小鸟，
宛如你临纸哽咽的悲调；
暮霭笼空时的红霞落日，
描画出故人别后的缠绵呵！

我诚意的祈祷了；
仁爱的上帝呵！
我仅仅是个最小的希望；
我愿你如那含苞未吐的花蕾；
不愿你如那花瓶中的芍药受人供养；
我愿你做那翱翔云里，
夷犹如意的飞鹏；
不愿你像那潇湘馆前，

黄金架上的红嘴鹦哥；
我愿你宛如雪梅的清高，
蕙兰的幽香；
在你生命之花灿烂的时候；
阳光永远照着！

生之期内，
朋友啊！
我愿为你时时祈祷着；
庄重的山岳，
澄清的瀑泉。
野鹤孤云的闲散呵！
自然之美与你造理想之园，
人类之爱与你建创造之塔。
那时你或者晓得，
宇宙之孤独者，
群众之抛弃者；
曾将他自己的血泪，
洒在你生命花上。

一九二三年，四，八，评梅。

陶然亭畔的回忆

淡淡的梦中，
常映着过去的残痕。
当晚霞射在纱窗上的时候：
生命的图画终难拒绝地涌现了，
——在笔底涌现了。

“春”呵！
我终于说不出：
那时池水的波荡漾的是“春”，
枝头的鸟歌舞的是“春”，
柳梢头传来了“春”，
花蕾中蓄满了“春”，
司春的神布了那灿烂的春之幕，
散着那芬芳的春之花，
歌着那婉扬的春之歌。
在过去“春”的历程中，
感想着无限的“春”。

亭台依稀去年，

只添了窗外一池碧波，
坝头口一株新柳；
风吹着片片桃花，
散在我的襟肩。
不知道，
我的心灵寓在哪一片？

陶然亭畔，
鹦鹉冢旁，
浅浅的草印着我的足痕，
浓浓的花遮着我的幻影。
他年回忆，
梅啊！
招魂兮何方？

黛翠的山，
都漫在白云的怀抱里：
晚霞照在野花的颊上，
凝眸微笑着。
但他年花萎，泉枯，
他的心埋在何处？

一九二三，四，十八，北京女高师

碎　锦

（一）

在轻微的软松的，
粉色锦绫中，
谁能在薄翼般的纱下
发现骷髅呵！

（二）

洁白的花蕾中，
何必用玫瑰的颜色点染呵！

（三）

是耶？
非耶？
淡淡的白云，
笼罩着人间的虚幻！

（四）

一只白的雁儿微笑了，
任意的翱翔着。
“归来呵”！
前途的危险，
伏于弓弦了！

（五）

我常愿将我的心花
藏在鸿雁的翅下：
向云中翱翔去呵！

（六）

一幅黑云迷弥的夜里，
几粒洁白晶莹的小花煸耀着；
在惠风颤动的波中，
嗅那夜来香之芬芳呵！

（七）

心花揉碎的时候，
爱情的火焰终于消灭了。

（八）

心弦上弹着，
心波中拥着，
在笔尖上涌着那悲哀的残痕！
她的泪在那……花儿上……
运命啊：
“最后的光荣，
赞颂那未来的芬芳啊！”

红叶的家乡

在深山的岩上
拣了一片红叶，
把清泪洗它的泥迹，
鲜血染它的颜色；
一缕缕的愁思
都付与它，
郑重地系在燕儿脚上，
任它去天涯飞翔。

明皎的天空，
笼罩着五彩云峰，
照着一片茫无边涯的沙漠。
月儿很惨淡地望着……
一只白的燕儿，
在沙漠里呻吟着，
红叶枯萎在它的脚下！

唉！燕儿留下了终身怅惘！
寻遍了天涯，

不知红叶送归谁家？
飞过了无数的青山，
渡过了许多碧泉，
曾在秀媚的峰头望着，
浓荫的林中待着；
但找不到何处是红叶的家乡！

红叶的香也消沉了！
红叶的色也枯萎了！
燕儿毙在沙漠上，
没有青山凉泉，
更无香草解花！
月儿也黯淡了！
风声也凄切了！
黄沙作了墓田，
饿鹰发出了悲哀的呼啸！

朋友呵！
人间的遗恨，
岂只燕儿找不到红叶的家乡？
沙漠之一片黄沙，
就是红叶的故乡！
痴呆的人类呵！
枯萎的黄叶，
原本是绯艳的红叶呵！

一九二三，西子湖畔。

血染的枫林

我载了很重的忧闷，
低头向深林里走去；
踏着细碎的落叶，
嗅着将灭的余晴；
几缕淡黄的光线，
闪耀在血染的枫林上。

墨云里闪露着一只美丽的眼睛。
她将慢慢地放大，
我们都笼罩在光下，
那时我们只知道，
天空中有蔚蓝的锦幕，
白绒的堆花，
染入缕血红似的霞！

血染的枫林呵！
它瑟瑟地喧嚷；
树叶的梢儿抖颤着，
清冷冷的风微拂着；

听呵！
不是春的呢喃？
不是夏的微语？
是秋在喧嚷啊？

园中的花草都静静地睡去；
梦神把一幅秋幕，
遮在酣睡朋友的身上；
那时在迷离恍惚中。
只看到血染的林，
一片片红叶遮了大地的凄切！

朋友呵！
你曾作过各种的梦，
在春的美丽灿烂中，
夏的花芬绚缦中，
天风的飘飘啊，
海水的滔滔啊！
曾经在生之幕内，
印下浅浅的余痕？
一切呵，
电光似地飞骋去了；
我只洒泪向风中遥送呵！

叫她回来吧！

（一）

幔底的余香缭绕，

筵上的灯花舞蹈，

寂寞的空庭，

颤动着心头的爱影！

他执着热烈的火焰，

向那黑暗修长的远道。

张臂狂呼：

叫她回来吧！——

由爱之园。

（二）

海鸟在沙滩畔私语，

浪花在碧波中腾跃，

疏刺刺几粒星，

碧茫茫一片海。

他扬着轻翼似的白裾，
求那海啸的声音：
叫她回来吧——
由恨之海。

（三）

篱畔的蔷薇枯黄，
枝头的桃杏萎落，
空虚的心窠，
感受着过去的创伤。
他哀求着月儿的清辉，
照着她影儿的踪迹！
叫她回来吧——
由邈阔的地角。

（四）

遭了黄莺的怨恨，
受了玫瑰的刺伤！
血泊中他捧着箭穿的心儿，
晕倒在崎岖的道上。
求上帝哀怜他，
使漂泊的灵魂，
重做那温馨的梦。
叫她回来吧——
由渺茫的天涯。

梅花树下的漫歌

——纪念“一七”

荒凉的古道呵，
行人稀寥；
两旁伞形的松柏，
很骄傲地耸入云霄！
伴着烟云，
陪着孤鸿；
笑人间的枯荣。

呵，
冷风中雪花飞舞，
笼罩了这肮脏的宇宙！
听那松声涛音，
奏出悲壮的歌调；
荒凉的古道呵，
愈增荒凉，
苍松都披了雪绒的大氅。

漫天冰雪里；
她披着绛绒的外衣；

踏着雪花——
走到隔岸的山内，
访她最爱的梅去，
眉如远山的含翠，
眼如澄晶的清溪，
空静寂莫的宇宙里，
她燃着生命的光华！

清香呵！
望去只见漫山崖的红梅——白梅；
像一座云幔霞帷的花宫，
笼着层薄薄雪纱——
更形美丽？
她伏在梅花树下赞美着——
毫不管那漫天的大雪，
堆集在她的绛氅上。
清香拂去了松散的流云，
听呵！
她幽扬的歌声；
“梅呵！
你吐着清淡的暗香，
开放着窈窕的好花；
假使冬天莫有花？
这世界呵！
有多么荒凉。

梅呵！

“春风一梦无桃李，
留得梅花共岁寒”；
在枯寂的生命中，
你灵魂儿氤氲着温香，
从未曾在绮丽的筵上争艳，
孤高清幽可爱的花呵！

常为你祈祷着上帝……
梅呵！
我把生命花，
植在你的蕊里；
心苗中的一点爱意，
消融在你的暗香里；
我将把宇宙的繁华舍去，
偕着你孤零零的魂儿！
——同埋在冰雪里！
她轻冷冷的歌声，
渐渐低微；
风拂着梅林，
又依稀悲啼？
雪花正在飞翔；
暮云又将笼罩！
她仍伏在梅花树下，
——为了爱慕竟不找归路？
霁日一轮，
慢慢从烟云中涌出，
万道霞光，

射在梅花的枝上，
雪地内倒卧着绛裳的女郎；
为了爱慕——竟不找归路？
梅蕊里浸出血样的知己泪！

女神的梅花和银铃

（一）

我们原是梦里相会
呵！
但在这梦痕上，已凝结了多少血泪？
我们原是梦里相会呵！
但在这梦境中，又经过如许的年华？
朋友呵；
毋须笑笼中鸟，
毋须讥网中的鱼；
在这沉静的夜幕底；
你原是卧在宇宙的摇篮内！

（二）

彩霞揭开了眼帘！
夜莺唤醒了灵魂！
逃出了沉醉的花宫，
脱解了羁束的罗网；

由那惊惶的梦境内醒来！呵！
苍松翠柏的枝上，
飘舞着十三层五彩的国徽——荡扬！
朋友呵！
在无意中惊悟了过去的流水和落花！
换上我霜雪般的绡裳！
戴上我繁星似的珠冠！
抱一束血泪化成的玫瑰花篮！
祈祷着！
爱的女神抚慰这梦中的飘魂——
和那可怜的人类。

（三）

晚霞正射着白玉的神像！
双翅上遍耀着爱的红光！
女神的手里；
握着几枝龙蟠的寒梅！
寒梅上悬垂着白雪般的银铃儿叮当响！
朋友呵！
我们原是梦中相会呵！
但在这梦痕上已凝结了多少血泪？
我们原是梦中相会呵！
但在这梦境中又经过几许年华？
我嗅着梅香馨馥！
醉卧在女神的足下。
——任那霜雪掩埋！寒风吹化！

灵魂的漫歌

（一）

我是人间驱逐的罪囚，
心情逃在檀香焚炽的炉内：
燃着浓馥的烟——在空中萦绕。
炉中有烧不尽的木屑。
将继续永久这样燃烧！
灵魂儿——附着几缕不绝的轻烟，
向云头浮飘。
听哪！
人间的朋友们，
正在那浓梦内咀嚼！

（二）

宇宙之谜呵，
我终永难猜！
为什么春园繁华？

秋园萧瑟?
雁儿又要南北忙?
在这月光清辉的银幕下,
深邃黑暗里;
又满含着恐怖的神秘!
朋友呵!
在人类浓迷的梦里,
听听:
他们诉说的呓语是什么?

(三)

青山满被雪罩,
碧水都结冰屑;
园中的花木雕落!
墓头的青草枯黄!
朋友们呵!
都在冰天冻雪里缩抖着;
等那金红色美丽的太阳!
永久呵——希望,
永久呵——失望,
浮云已把美丽的太阳!
笼罩在那黑邃的深崖!

(四)

岸头堆遍了尸骸!

海流波荡着血花！
朔风又乘着深夜——在松林里怒号！
那堪呵！
野鹫站在古木上冷笑；
饿狼伏在黄草中悲啸；
血呵——腥；
尸呵——腐；
清洁美丽的园儿，
变作了荒燕鸟兽的山薮，
这样冷酷似的宇宙，
莫有一只善鸣的鸟儿歌唱！
莫有一朵美丽的花儿开放！
只有静沉沉的海水，
流呵——流呵，
带着这腥臭的血波荡漾！

（五）

是谁把血变作了河？
是谁把尸骸堆满山？
只落得喂了野兽的肉，
满了饿狼的欲！
将繁华的园儿，
遮在这黯淡的幕下，
明锐的矛头，
霜雪的剑刀，
都在那血花中——讪讽的微笑！

（六）

朋友们：
醒醒这醉迷的噩梦呵；
在云烟渺茫里，
去觅那女神的摇助！
白玉的神座下，
祈祷着！
赠一杯玫瑰的甘露，
将人类所有的不平，
都融化在这碧玉杯内。

（七）

朋友们：
醒醒这醉迷的噩梦呵；
在云烟渺茫里，
去觅那女神的援助！
白玉的神座下，
祈祷着：
赐一支光明的烛枝，
将人类所有的黑暗，
都燃起了辉煌的华！

（八）

焚毁了这肮脏的宇宙！

烧断了那笼罩的尘网！
涌现出美丽的太阳！
射在那青翠的山峰，
映在那碧绿的苍海；
花儿在惠风里舞蹈！
夜莺在树林里歌唱：
一切重生了！
复新了；
宇宙原不是那么荒凉？
朋友呵！
这迷惘的浓梦醒来！
我附着在烟云中的灵魂，
爆烈了檀香焚炽的火炉！
又返到人间的故乡。

十二年除夕，北京梅窟。

心　影

（一）

夜深了，
我想看天上散布的繁星。
忽然由村林里——飞出一只小鸟，
落到我的襟肩，
原来是秋风赠我的枫叶诗笺。

（二）

“牧童倦了。
羊儿眠了。
晚霞看的醉了。
夕阳微笑的回去了。”
这是小朋友逛山带回的消息！

（三）

白银似的小河睡在碧青的天空，
蔷薇般的紫云笼着明闪的小星：
小诗人呵！
你能在美婉的诗意里，
捕捉那倏忽飞行的自然心影！

（四）

似流星的光焰，
似少女的娇颜；
似游丝般一缕恋感！
雨正潇潇，
风正飘飘，
我不禁把一支可爱的银毫——
向窗外一抛！

谁的花球

（一）

昨夜：
银彩洒满我的睡靥，
像母亲的柔荑托着我安眠。
忽然！
听见天鹅振翅的声音，
仿佛有人悄悄走过窗前。

（二）

我轻轻下了床，
向碧纱窗上往外看：
只见寂静的树枝，
随着风儿颤，
只见斑驳的花纹，
死卧在檐前；
莫有个人影！

莫有些儿声音!

(三)

今天,
我背起囊儿,
要捡收萎落的花瓣;
推开门,
发现了一个花球在我门前!
她是红玫瑰围着一圈紫罗兰。

秋　菊

园中是何等的凄凉萧瑟?
只闻到虫儿悲泣,
花儿微语;
秋呵,
将要送她们归去。
白雪似的霜,
敷着在花的腮上;
陡然间变了朱颜!

秋在示骄呵,
朋友们,
在凄风凄雨的园中,
它握着轻小的帚儿,
扫人间的富丽!

浓浓的香,
拥着孤高晚芳的她!
在荒凉的园儿里!
点缀着碧空中一轮明月,

淡幕下几枝桂花。

阿菊!
人间处处呵!
秋思在谁家?
雁儿南归,
蝉儿隐去;
只剩着蟋蟀在空庭微语。
静默默的几株梧桐,
疏剌剌几枝桂花,
伴汝的孤契。

中秋前一日,附中主任室。

残夜的雨声

一点冰冷的心血，
转着低微的浪音；
在一叶的生命上，
又映着惨切的深秋！
朋友呵！
听窗外淅……沥，
想到了篱畔黄菊，
点了支光明的烛——
走出了梅窟。

花下映出我影儿的彷徨，
黯淡的月光——
照出我心中的凄凉；
树荫里落下的雨珠儿，
慢慢地向身上。
那时：
夜莺奏着深秋的挽歌！
篱旁黄菊，
她正在迷惘的梦中。

深霄远远的送来鸡声，
似银铃的摇荡，
惊醒了雨中阶下的痴魂！
执着熄了的烛儿，
回到梅窟。
斜倚着枕儿，坐送残夜；
听窗外芭蕉的滴沥，
梧桐叶满载着秋夜雨；
一声声，
一叶叶。
凄切切滴到天明。

十，十八，北京。

母亲的玫瑰露

灵魂被梦魔逐出的时候，
我卧在淡湖色的绒毡下，
咀嚼着母亲赐给的玫瑰露。
那时雪笼的一枝白菊，
斜对着我微笑！

书案上，
浮着浅灰色的尘埃；
雪莱诗集内：
发现了昨夜飘落的——
已被风雨残蚀的桐叶。

猛忆到乡音沉寂，
濡着泪珠儿，
在桐叶上写几句话，
让秋风顺便寄与——
天涯的母亲。

“母亲：

我是昨夜梦里，
由你那温暖怀中，
逸去的小羊啊？
一刹那梦魔送我到梅窟。

谢谢母亲赐给的玫瑰露，
已将孩儿枯干了的肺腑，
烧焦了的心血，
滋润漫泽在母亲的爱里。”
玫瑰露啊，
母亲之爱耶？

十月十八号，北京

人间的镌痕（选录）

（一）

我将把彩霞作毡，
白云作床，
静静地卧在渺茫的天空里；
赞祝那一颗尝遍人间辛酸的心，
找到了故乡。

（九）

我提着笔写了几次，
都化作蝴蝶飞去了！
虽然莫有寄与她，
但她心里已有了浅浅痕迹的？

（十二）

一幕剧完了，

人都纷纷找归宿去，
但我呢？
在生之路上只踽踽而怅惘呵！

（二十五）

她送了我一束白丁香，
我将簪在鬓旁？
我将挂在襟上？
昨夜我悟到了！
把它埋在园中的地下。
我不忍着它枯在我鬓旁，
死在我襟上，
宁使在地下做她的美丽迷惘之梦；
何必定受人间的枯萎啊？

（三十二）

心血未枯竭，
将握着这破叉的笔头，
在无痕的纸上，
画人间的泪迹。

迷惘的残梦

谢晶清

昨夜迷惘的残梦里，
秋风枯萎了美丽的花篮！
我含着别离的酸泪，
将最爱的紫罗兰遗弃在——
春的梦里。

燕儿伏在梁上悲啼了！
这里有素兰的余痕，
晶莹的泪迹。
燕儿伏在梁上悲啼了！

“使命”！
令我离了旧巢，
把人间的余痕都留在梦内。
将振荡着银铃，
曼声低歌，
走向人间！

唤醒那沙漠上沉睡的青年！
指导他去开辟人间的乐园。

灵幻的光流；
惊醒了留恋的残梦；
我已换了个生活的花篮！
朋友！
那时金钗叩门，
你挟着素兰的芬芳，
来到了凄凉的梅窟。

一切……人间的一切，
我不知何所憎？
何所爱？
上帝错把生命花植在无情的火焰下，
只好把一颗心，
付与归燕交还母亲；
剩这人间的躯壳，
宁让他焚炽成灰！

纵使“鲜红的血丝，辛酸的泪泉”
注满了人间的摇篮。
也不过是残梦的虚幻，
能博谁的怅惘——
在枯萎的花篮？

朋友呵！

记忆的灯儿永久燃着！
残梦的余影仍在幌荡！.
“明月夜
人静后”
我将伏在蔓草，
蛛网结织的小亭，
望着晶洁的月儿祈祷！

那时：
亲爱的诗神，
拿他温暖的角，
吹起了希望的火焰！
将草亭梅魂，
燃在金色的光流内！

除了握枝破叉的笔儿，
记记梦中的残痕；
朋友呵！
胸头缀着忘忧草的花球，
手中执着红甘的美酒；
当白云来时，
把魂儿骑在它的背上，
飞渡关山望母亲！

十，二十三，答晶清女士《一瞥中的凄凉梅窠》

飞去的燕儿

在美丽香馥的梦里：
我曾抚爱着，
一支披满雪绒的燕儿。
在檐下悬了个银丝笼，
让燕儿捆在这温暖春园中。

镇日我在花影阑珊的窗前，
握着管破叉的笔儿沉吟！
望着凉云呵——不羁，
听着鸟语呵——神往。
那时，
雪绒可爱的燕儿，
隔着银笼——
向梨花呢喃低诉！

她说：
“朋友呵！
聪明的人类，
原想将宇宙缩小，

藏在他黄金匣内。

你看：
白云呵——悠悠，
树叶呵——颤荡，
只隔了口眼与银栏，
困在这樊笼里生活”。

这样低微的声儿，
沉寂中令我心荡。
“羞愧”趁着我走到檐下，
用理智的手压着这抖颤的心房！
紧嚼着唇儿，
将“自由”花冠——戴在燕儿的头上。
迷惘中，
我晕倒在梨花树旁！

月儿照着我憨情微笑！
花影印着我孤身飘荡！
残梦呵——醒来，
银丝笼犹握在我的手中；
但燕儿呵，
她早已很快地飞去——
由我绯红温暖的心窠中飞去！

留　恋

（一）

依稀是风飘落花，
依稀是柳絮天涯；
问燕子离开旧巢，
含泪飞向谁家？

（二）

惠风撩乱了诗情，
晚霞横抹成诗境。
只点染了一轮月，
几株松，
惹我留恋着，
梅窠的烟云。

（三）

疏刺刺几枝梅花，
冷清清一盏孤灯；
听：
远处送来的古庙钟声，
窗前唱和着草虫低吟，
惹我留恋着，
梅窠的幻梦。

（四）

铸成了铁样的素心。
包住了海样的深情；
榻上遗下泪迹，
案上留着药馨；
风霄月夜，
少了个瘦影。

——评梅写于离梅窠前一日

宝剑赠与英雄

（一）

霜雪的宝剑，日日呵长啸！
珠钻的剑匣，时时呵舞蹈！
要觅人间的壮士，抒他的光芒，
要滴人间的鲜血，解他的消渴；
掬着满怀的郁结，
他泣向和平的女神祈祷：
“神呵！
和平原须战争；
战争原为和平，
莫有战争呵——又何须和平？
我的雪裾要血濡！
我的锋花要（绽）苞！
我誓愿把希望的种儿，
洒向人间，开一树灿烂的红色！”

（二）

云天苍茫，

女神拖着雪白的云缎飘荡，

戴着繁星的珠冠辉煌！

捧着这长啸的宝剑；

乘着春的帆儿，

向云头四眺。

云锁深山只闻着猿啼，

烟笼水涧只看到鱼戏，

四方晚霞怒射着最后的余辉。

她飘落在万岭的峰头，

向着苍苍的松林——亢喉高呼：

“英雄呵何处？

英雄呵何处？”

（三）

晚霞照映着松林微笑！

女神猛看见——

看见个玉雪的孩儿在苍松下睡觉。

红艳的花儿，

洒满了他美丽的粉腮：

五彩的蝶儿，

围了他散发飞翔；

白云浮堆着锦被，

松柏支罩着罗帐；
不知道何年何日？
他酣睡在这软柔的草上？

（四）

警悟的银铃儿乱响；
希望的红花呵飘扬！
繁星轻轻地揭开他的眼帘，
夜莺在松枝上，
努力的叫喊！
他玫瑰唇上，浮着憨漫的微笑！
雪绒的翅上，
遍映着可爱的红光！
女神轻轻向耳旁——
唤醒他梦中的迷茫。

（五）

蝴蝶枕着花儿，
已进了甜蜜梦乡。
半弯银梳儿，
映着树影地摇曳飘荡；
宇宙呵，
都罩在这静寂的幕下，
这玉雪的孩儿。
微笑着向女神呢喃祈祷！

“在这迷惘的人间呵，
使命的担儿怎样挑?”

(六)

暮云下：
他捧着寒光四射的宝剑赠他，
她说：
“英雄呵，
取人间的血，
濡染你刀上的花。”
清风飘送着去后的余音，
天空中舞蹈着他的云裳；
依稀犹听见：
“英雄呵；
取人间的血，
濡染你刀上的花。”

一九二四，一，一四，北京梅窠

微　笑

（一）

春悄悄地含着微笑！
唱着恋歌，
走近林边的时候，
梦中的云雀，
互相问着这是什么消息？

（二）

我陨泪——向万仞的深崖，
我长歌——向无垠的穹苍；
拼将多少旅愁，
都付与黄昏的归鸦。

（三）

捣碎了幻景的玉杯。
盛满了虚渺的诗瓢；
去吧——一切……
我将笑受山风和海涛的祈祷！

（四）

母亲！
你赐我蜜一般的甘露，
我还你血一样的热泪；
懦弱的儿，
将数数你鬓上银丝又添几许？

（五）

撷取幽径中的芳草哟，
摘取天海内的明星哟！
这都是幻空。
千古银辉的月儿，
却照瓦砾沙层。
问——云宫的皎月？
问——松林的涛风？
人间呵！
何处是魂儿的归程？

（七）

听碧海银涛的呜咽！
看乱云中闪烁的疏星！
诗人的心波颤动了。
她说：
去吧——心中的烦闷！
去吧——少年的梦痕！

（八）

心里只含着酸泪，
到了她门前，
踟蹰着我又不忍进去。
原知——落花飞絮似的生命——无凭，
但上帝又不赐给我——无情。

（九）

诗兴滞了
没到笔尖儿上，
就慢慢又回到心里。
我的朋友啊！
把这没字的纸儿寄你。

（十）

心头的酸泪逆流着，
喉头的荆棘横梗着；
在人前——
都化作了轻浅的微笑！

一九二四，七，二十二，平定山城。

归　来

（一）

因为她窗前有一盏灯；
我由悠长的远道.
找星星光明！
不怕黑暗中鬼灵的追逐，
不怕荆棘里冻血的凝滴。

（二）

因为她帏下有一架琴，
我由悠长的远道，
听泠泠心声！
忘了夕阳已晒在玫瑰花上
忘了花儿未萎前要戴在她襟旁。

（三）

因为她确有一颗心，
我由悠长的远道，
想问问同情。
那管云深的山里，牧歌的渺茫；
那管波涛的海上，船儿的恐慌。

静听银涛咽最后一声

（一）

我的散发，

似细柳在风前飘动。

我的羽纱，

似龙鳞在波上推涌；

红霞内横掠着海鸥的幻影。

碧霄中颤荡着孤雁的哀鸣！

（二）

葡萄酒斟满了玻璃杯，

遥邀明月，

遥邀繁星，

留一个永久的沉醉。

这是纤软绒松的眠床，

这是晶莹如玉的墓碑。

（三）

这颗心，
飘浮在海上，隐没在云中，
不如交还给母亲。
归路——滚滚像玉龙翻腾，
汹涌着万层波云；
我原是天涯倦游的病鸿，
静听银涛咽最后一声！
圣诞节前夜。

“我已认识了自己”

（一）

夜里经过了深林，
这清香飘动了我的衣襟；
不知道是风的柔翅？
还是花的温馨？
沉醉了的魂儿，
浸入冷清死寂的湖心。
我跪在月明星灿的湖滨，
祷告着说：
“主呵！
我已认识了自己。”

（二）

悄悄走进了丁香花丛，
看见睡在花架底的园丁，
他正在呓语着：

“花儿不常红，
草儿不常青，
徒苦了我的忠诚。”
月儿的银辉吻着梦中的园丁，
我的泪流进了丁香花心；
哽咽着说：
“主呵！
我已认识了自己。”

（三）

怅惘的走上大理石塔尖，
在这广漠的宇宙下，
不知道遗失了什么？
惠风拂过花蕾的微笑，
朝霞映着露珠的泪光，
都成了消逝的幻影，
似紫燕飞掠过粉墙。
我叹息着说：
“主呵！
我已认识了自己。”

翠湖畔传来的哀音

——挽焕章老伯

（一）

一个黄昏我和她共立在丁香花丛，
蓦地接到了这霹雳般消息！
几次颠倒不知是真？是梦？
这时候，这时候，
她万里外孤零零萧然孑身，
这时候，这时候，
她呼爷唤娘有谁来答应？
可怜她无父无母无长兄，
弱小的弟弟才十三龄。
老伯伯！
你也应心伤，
扔下她辗转呜咽在异乡。

（二）

不要遗憾我们是不相识，
悄悄跪伏在慈帏下已非一日。
我常梦游翠湖，
翠湖畔有我未见面的伯父。
常想有天联袂跪在你膝下，
细认认你那银须霜鬓；
但是——连这都不能，
连这都不能。
生命已消逝在飞去的翅上，
不停留，不停留，
那一闪间抛弃了的荣光！
老伯伯！
你也应心伤，
可怜她万里途程扶病去奔丧！

（三）

一颗掌珠撒在异乡外三年辉映，
她是这般伶俐而聪明。
她走时，你曾挥泪叮咛；
归来时，仙魂渺渺，
只剩了一棺横陈！
可怜她弱小的心灵，能经住几次碎焚！
老伯伯！

她那颗鹏游壮志的苦心，
你令她向谁面前骄傲?
此后永不见了的是慈爱的微笑!
是慈爱的微笑!

一九二五，五，三。

浅浅的伤痕

（一）

姑娘！你也许不记得我是谁。
我到如今，也不愿见你，也不敢见你。
怕我这憔悴的枯颜吓的你惊颓！
如今，我要向天涯地角找寻我的墓地，
姑娘！临行前允许我再作这一次的忏悔。

（二）

姑娘！我只希望“梦”能给我暂时的沉醉，
此后孤清的旅途上啜你赐我的空杯。
往日甘香的浓醴已咽到我心里，
这虽是空杯残滴，但我那忍粉碎！
姑娘！允许我祝福你新杯里酿的浓醴。

（三）

姑娘！我那敢用我的痴愚怨恨你，
你如玉的精神，如花的皎颜；
是要令千万人颠倒与沉迷！
我，我只是小小的一只蝶儿，
曾傍着你的縠纱飞。

（四）

姑娘！你不认识我的心，
只为了你被虚荣蔽蒙；
我除了此心，再无珍贵的礼物馈赠。
愿，愿一天虚荣的粉饰剥落成灰烬，
姑娘！我的心，或能在你灵魂里辉映？

十五年十二月四日在白屋中

别　宴

妹妹！请你饮干这一杯：
这杯里注满了浓醴，请你痛饮个沉醉；
门前的车马已鞍辔全备，只等你丝鞭一挥。
朋友呵！你此去。何时再见这帝都的斜晖？

妹妹！请你饮干这一杯：
咽下去，咽下去，你不要再为了命运凄悲。
看！抽刀将一腔烦恼斩去。
假如人间尚有光明的火炬，这宇宙顷刻变成灰！

妹妹！请你饮干这一杯：
自从丁香花落到如今，人情世事日月非；
原也想，洒鲜血把灰色的人生染紫绯，
怎禁住，一递一下的铁锤击的你芳心碎！

妹妹，请你饮干这一杯：
为了人间有烦恼，分离开我们同命的小鸟；
想当年多少甜梦，骗的你青春和情天老，
原来是，无情的东风戏弄你瑶台畔仙草。

妹妹，请你饮干这一杯：
可怜你绮丽的文藻，只别了这一束旧稿。
二十年血泪斑斑，肠断心碎只有天知道，
“百战意未了”，愿你烟尘起处再把阴霾扫！

妹妹！请你饮干这一杯：
这些天不知怎样好，为了你镇天家烦恼；
我祷告，小小的手腕把这天地重新造，
我给你在乐园，建一座永无忧患的城堡。

妹妹，请你饮干这一杯：
看！西方一缕残霞，又照上了窗纱，
明天呵！一样残霞和窗纱，这已不是你的家；
暮云下，斜阳古道，你单骑走天涯。

妹妹，请你饮干这一杯：
听！一声声，寒林上哀啼的归鸦，
更令我这颗心，惊颤的似跌落在尘沙；
愿天再留一刹那，一刹那，未语泪垂心乱如麻。

妹妹，请你饮干这一杯：
且欢乐，且欢乐，先收拾起离情别绪，
多少如梦的往事，愿彼此生生死死在心头记。
从此后，只剩了孤清的冷月残照我翠帏。

妹妹，请你饮干这一杯：
我要再看看你桃腮樱唇和紧颦的眉！

紧紧记，残稿遗骸我待你归来再掩埋；
这一别，天涯海角，何处何年我们重相会？

妹妹！请你饮干这一杯：
人间今宵，铁石人也成为了我们的命运辛酸。
你此去，似扁舟任风浪卷入了急湍，
我虔诚祷告你平安，在波澜中登上了翠峦。

妹妹！这已是最后一杯：
“断肠声中唱阳关”，一阵阵朔风卷雪寒，
白玉杯里似酒似泪浑不辨，朋友呵！
前途珍重且心宽，盼你归来时还是今日醉靥。

十六年一月十九号送晶清南行。

祭献之词

醒来醒来我们的爱情之梦，
惠馨的春风悄悄把我唤醒！
时光在梦中滔滔逝去无踪。
生命之星照临着你的坟茔。

溪水似丝带绕着你的玉颈，
往日冰雪曾埋过多少温情？
你的墓草青了黄黄了又青，
如我心化作春水又冻成冰。

啊，坟墓你是我的生命深潭，
恍惚的梦中如浓醴般甘甜；
我的泪珠滴在你僵冷胸前，
丛丛青草植在你毋忘心田。

世界已捣碎毁灭不像从前，
我依然戴青春不朽的花冠；
我们虽则幽明只隔了一线，
爱的灵魂永久在怀中睡眠。

天空轻轻颤荡着哀悼之曲。
比晚祷钟声更幽怨更凄切。
为了你我卸去翱翔的双翼，
不管天何年何日叫我归去。

我虔诚献给你这百合花圈，
惨惨的素彩中灵魂在回环；
不要问她命运将来受摧残，
只珍藏这颗心千古在人间。

十六年三月五日君宇二周忌日。

断头台畔

狂飙怒卷着黄尘滚滚如惊涛汹涌，
朝阳隐了这天地只剩下苍黑之云；
一阵腥风吹开了地狱紧闭的铁门。
断头台畔僵卧着无数惨白之尸身。
黑暗的宇宙像坟墓般阴森而寂静，
夜之帷幕下死神拖曳着长裙飘动；
英雄呵是否有热血在你胸头如焚：
醒来醒来呼唤着数千年古旧残梦。
红灯熄了希望之星陨坠于苍海中，
瞭望着闪烁的火花沉在海心飞迸；
怕那鲜血已沐浴了千万人的灵魂，
烧不尽斩不断你墓头的芳草如茵。

胜利之惨笑敌不住那无言的哀悼，
是叛徒是英雄这只有上帝才知道！
“死”并不能伤害你精神如云散烟消，
你永在人的心上又何须招魂迢迢？

十六年四月三十日。

这悠悠相思我与谁弹

酒尽烛残长夜已将完，
我咽泪无语望着这狼藉的杯盘，
再相会如这般披肝沥胆知何年，
只恐怕这已是最后的盘桓。

只恐怕这已是最后的盘桓，
冰天雪地中你才知人生行路难；
不要留恋，不要哀叹，不要泪潸潸！
前途崎岖愿你强加餐。

前途崎岖愿你强加餐，
谁知道天付给的命运是平坦艰险，
晨光在脱去你血泪斑驳的旧衣衫，
挥剑斩断了烦恼爱恋。

挥剑斩断了烦恼爱恋，
你去吧，乘着晨星寥落霜雪漫漫，
几次我从泪帘偷看你憔悴的病颜，
多少话要说千绪万端。

多少话要说千绪万端，
你如有叮咛千万告我勿再迟缓，
汽笛声中天南地北海滨隔崇山，
这悠悠相思我与谁弹？

十六年一月二十五号，送晶清南行。

我告诉你，母亲！

（一）

我告诉你，母亲！
你不忍听吧这凄惨号啕的声音。
是济南同胞和残暴的倭奴扎挣，
枪炮铁骑践踏蹂躏我光华圣城；
血和泪凝结着这弥天地的悲愤。

青翠巍峨的泰山呵笼罩着烟氛，
烟氛中数千年圣宫化成了炉烬；
尸如山血成河残酷的毒焰飞迸，
大明湖畔春色渲染着斑驳血痕。

（二）

我告诉你，母亲！
你要痛哭这难雪的隐恨和奇辱，
听胜利狞笑中恶魔正饮我髓血；

鹊华桥万缕垂柳都气的变颜色，
可叹狼藉已如落花这锦绣山河。

险恶人寰无公理无人道无同情，
生命的泯灭如逝去无痕的烟云；
祝那些刳肠剖腹血淋淋的弟兄，
安睡吧不要再怀念这破碎祖茔。

(三)

我告诉你，母亲！
你那忍看中华凋零到如此模样，
这碧水青山可任狂奴到处徜徉，
晨光熹微中强扶起颓败的病身；
母亲你让我去吧战鼓正在催行。

你莫过分悲痛这晚景荒凉凄清，
我有四万万同胞他们都还年轻，
有一日国富兵强誓将敌人擒杀！
沸我热血燃我火把重兴我中华！

一九二八年五月二十五日写于白屋

悼念高君宇的碑文、挽词和挽联

高君宇墓碑碑文

我是宝剑，我是火花。

我愿生如闪电之耀亮，

我愿死如彗星之迅忽。

这是君宇生前自题像片的几句话，死后我替他刊在碑上。

君宇！我无力挽住你迅忽如彗星之生命，我只有把剩下的泪流到你坟头，直到我不能来看你的时候。

评　梅

挽　词

梦魂儿环绕着山崖海滨，

红花篮青锋剑都莫些儿踪影。

我细细寻认地上的鞋痕，

把草里的虫儿都惊醒。

我低低唤着你的名字，

只有树叶儿被风吹着答应。

想变只燕儿展翅向虹桥四眺，

听听哪里有马哀嘶；
听听哪里有人悲啸。
你是否在崇峻的山峰，
你是否在浓森的树林。
呵！刹那间月冷风凄，
我伏在神帐下忏悔。
为了往日的冷落，
才感到世界的枯寂。
只有明月吻着我的散发，
和你在时一样；
只有惠风吹着我的襟角，
和你在时一样。
红花枯萎，宝剑葬埋，你的宇宙被马蹄儿踏碎。
只剩了这颗血泪淹浸的心，交付给谁？
只剩了这腔怨恨交织的琴，交付给谁？
听清脆的鸡声，唱到天明，
雁群在云天里哀鸣。
这时候，君宇，君宇，你听谁在唤你；
这时候，悽悽惨惨，你听谁在唤你。

评梅再挽

挽　联

碧海青天无限路；
更知何日重逢君。
上款：君宇千古
下款：评梅挽

戏剧卷

这是谁的罪？

剧中人物

王甫仁　年约二十余，美国留学生

陈冰华　年约二十余，甫仁女友

李素贞　年约二十余，甫仁之妻

王老爷　甫仁父，年约五十余

王太太　甫仁母，年约四十余

王　贵　甫仁家中之仆

春　香　甫仁家中之婢

马　利　陈冰华在美时佣人

男女傧相各二人

赞礼人一人

李钧卿　李素贞之父

胡葆中　媒人

第一幕　求　婚

布　景　西式读书室，靠右面桌上置一列洋装书籍，鲜花数瓶，桌右置靠椅一。左面置一衣架，旁放一圆式茶几，上罩白线毡，置茶具数事，古花瓶一，靠左面置一衣架，尽头为门。开幕后冰华坐椅上作看书状，马利在旁整理桌上书籍，电铃响，马利出同时王甫仁入，冰华同甫仁握手。

王甫仁　密斯陈，近来好吗，一礼拜没有见面了（甫仁将幅子同手杖置衣架上，二人同坐于靠椅上）。

冰　华　我很好，就是这几天我心里很闷，许多天也没有接到国中来信；我正预备访你去谈谈，可巧你就来了，有什么新闻告诉我吗？

甫　仁　我昨天接到家里来信，令我赶快回国，说已经毕业，不必在这里久留；因为家慈很记念我的缘故。可巧昨天晚上有几个朋友来约我一块儿回国，他们定在下星期一，因为适好那天有船去中国。我愿意我们一块儿去，但不知道你能预备及吗？

冰　华　很好！就是下星期一吗？还有三四天工夫，有马利帮我，我想没有什么预备不及，就定在下星期一吧。但是船票你购了没有？

甫　仁　这倒不必你用心，我昨天已告诉他们了。临时多买几张好了。

冰　华　咳，光阴真快呵！我们想起五年前在上海的时候，许多朋友送我们上船来美国的那种情形来，依然还在眼前，觉得没有多大工夫，转眼就离国五年了。我想现在我们回去，和我们来的时候，这当中的变迁，不晓的几经沧桑了？

甫　仁　是的，我每每接到朋友来信说，现在中国一般青年，对于现在中国社会的黑暗，国家的萎弱，他们很有志改建，那么中国前途的胜利，全在我们一般青年了。

冰　华　我常想我们这次回国去，对于社会国家，要有种切实的贡献。但我想我们五年在海外，对于国内现状，不免有许多隔膜，到底我们回国去，对于社会国家的改良，先从什么地方入手呢？

甫　仁　我们现在处在中国这种情形之下，我们为国民的责任，比较别国的国民责任更大！而我们这般在海外的留学生，将来回国后，更应加倍的负担，作个改良社会的先导！但我未到美国之前，看到许多留学生，当他们未回国的时候都是抱了极大的目的，并且都是主张拿良心去作事。但归国后未到一二年依然敌不过环境的软化，作起坏事来，更会出花样。所以我以为我们这次归国，就是注意不要被环境无形的软化，这是我们第一步的预备。至于说起改良社会国家的根本问题，据我的意思，应当先解决家庭问题。不知道你以为怎样？（马利持茶同点心上）

冰　华　我听到你这些议论，我真佩服你的高见。我们中国那样暮气沉沉，黑暗腐败的家庭中间，着实不知道牺牲了多少有用的青年，而一般男女同胞在那地狱中度生活的更不知道有多少？不从根本去推翻改造，我想绝对不能正本清源。

甫　仁　至于说到根本问题，第一件要解决的，就是婚姻要做到自由结合，因为家庭以夫妇两人为单位，若不是性情十分相合和爱恋的万不能免了种种的冲突；那便是好好一个家庭也变成地狱了！所以我的主张，解决家庭问题第一步，先要做到结婚的自由。但是，密斯陈！我说到这里，我要请密斯陈原谅我的冒昧！

冰　华　王先生有什么话说请你，何必这样客气呢！

甫　仁　我想我们自从到美国后，同学五年；密斯陈的道德学问，我是很佩服的；至于说到改良家庭社会的意见，尤其是志同道合，丝毫不差异的。我所以早想在你面前，提出一种请求，可是苦于没有机会，现在回国在即，不能够再容忍了！所以今天我大胆提出一种数年来心坎里的愿望。

冰　华　你有什么事可以请说，何必这样半吞半吐呢？

甫　仁　我们的感情既已如此，我愿意……我就是愿意我们俩永远结合……组织……组织个良善的家庭，然后再拿这种精神推广去改良社会国家，不但是能贯彻我们的主张，并且能得永久的幸福；但不知道密斯陈你能够……能够应许我吗？

冰　华　（低头不语作沉思状）我们五年在海外同学，彼此性情十分和洽而且互相了解的，你今天提出这种意思，我现在是已经明了……

甫　仁　（取出戒指交于冰华）从今日起，我们俩互相尊重神圣的爱情，希望你将我的微物，常常不离你的玉手。（对视不语者久之）我们俩从此可以享美满的幸福了，谢爱的神！你东西可以早点预备，我还要

到几位朋友地方辞行去，我们星期一再见吧！（甫仁走出，冰华送到门口握手而别）

冰　华　（笑而拍手）啊呀！想不到我又要回国了！（目注视戒指者久之）

（闭幕）（第一幕完）

第二幕　回　国

布　景　家庭式，中间置方桌，上置古花瓶二，座钟一，老书数套，茶具数事。旁置二椅左首为门，右首一小茶几，旁置一靠椅。开幕后，左首为甫仁母王太太，背后立丫头春香，手持水烟袋。

王太太　春香你看现在几点钟了？

春　香　（向桌上看钟后说）已经三点多钟了。

王太太　王贵不是去接你少爷吗？干吗还不见回来，你去请你们老爷去。

（春香下，同王老爷上）

王老爷　太太你请我有什么事情？

王太太　就是说现在已经三点多钟了，干吗甫仁那孩子还不见回来？莫非是你把信看错吗？或者不是今天回来？

王老爷　啊！我还没有老到那种地步，又没有眼花！怎能看错哩！我想他如今天来，大概也快了。怎么王贵还不见回来？春香你去看王贵回来了没有？（春香下）（春香同王贵上）

王　贵　老爷，太太，我们少爷回来了。（手提行李等物）

王太太　在哪里？（甫仁上）

甫　仁　爸爸，妈妈，我回来了！（行一鞠躬礼）

王太太　甫仁你累了！赶快坐下吧。春香赶快与你少爷倒茶去，王贵你告诉厨房预备饭去。（向甫仁）你在路上好吧，走了几天？

甫　仁　托大人的福，一路很平安，走了一个月，因为适好逢到回国的船，没有担搁的缘故。

王老爷　甫仁你这次五年在国外，现在总算学成归国，我和你母亲都是很喜欢的，心愿算完了一半了。但是你的终身大事还未完结，我是顶不放心的，恰好前个月接到你信说不久回来的话，隔壁胡大爷就与你作媒，说的是李家你表妹，也是师范刚毕业，我想你没有什么不愿；所以我已拿了主意，给你订婚了。过几天择个吉日，就可完了这件大事啦。

王太太　你父亲为你也费了许多心思，我想你没有什么不愿意吧！

甫　仁　（面色惨白）爸爸，本来这件事，我是应该没有问题的，应该敬遵父亲的，但我有极为难的地方，还要请父亲原谅，就是我已在美国同一位同学陈女士订婚了！所以请父亲回绝李家的亲事罢！

王老爷　什么？你在美国已同什么女士订婚了吗？

甫　仁　是的，是陈冰华女士，我在美国的同学。

王老爷　这没有什么难解决的问题，你同她是自由订婚的，那么，现在你可以告诉她说家中已给你订婚了，可以自由离婚的。解除婚约是极容易的事情，那又有什么为难呢？

甫　仁　我同陈女士的感情，既到订婚了，双方自是没有间隙，我怎么能解除婚约呢！况且我决不能无缘无故的负她，同她离婚。还请父亲原谅我——解除李家的亲事。

王老爷　嗐！怎么你能不先禀告父母，在外边私定婚姻？现在你反拿着暖昧不明的婚姻，来反抗我给你订的冠冕堂皇的婚姻吗？

甫　仁　请爸爸不要生气，我也不是反抗父命，不过想这婚姻问题是我自身的问题，必须自己解决，旁人不能与问的。我们中国现在旧家庭的恶习，听了什么媒人的一片胡言乱语，强为撮合，使平素并无感情并不相识的，强为组织一个家庭，所以酿出许多的坏结果来。我在美国参观他们许多家庭，知道他们所以能够如此美满的原因，就是因为他们是由自由恋爱而结婚的。

王老爷　哈！这种话我一点都不懂。常听人说：你们留学生在外国，尽讲什么自由恋爱，自由结婚，不讲礼义廉耻，你要知道各国有各国的风俗人情，怎么好拿美国的野蛮风俗，来比我们礼义之邦呢？你岂不知道父母之命，媒妁之言，是结婚必经的手续吗？

王太太　甫仁你细想想看，不要教你父亲生气，事情尽可慢慢地从长计议。

王老爷　你到美国几年我以为你一定有点见识，有点学问，哪知道你竟一味习了些外国皮毛，肚里面是空空如也。你还有面讲给我听呢？现在是我与你作主订婚了！你要怎么样？如你还要违背我的命令，我也不再来干涉你了。咳！居然有这种逆子……（顿足走

入幕内）

王太太 甫仁你不要惹你父亲生气，顶好你就将这回事情，详细对陈小姐说，或者她能原谅你！

甫 仁 娘呵！你不知道我的心呵！……（悲痛状）我假若顺了爸的命，叫我怎对得住我亲爱的冰华呵？……（哭）

王太太 甫仁呀，你刚回来累极了！千万不要再伤心，你要哭坏了，叫我怎么样哩？有事可以慢慢的计议，你不要着急吧！

甫 仁 真叫我进退两难，冰华呵……我负你了……（痛哭）

（闭幕）（第二幕完）

第三幕　公　园

布 景 公园中置一游憩椅，散置花数盆。开幕后王甫仁呆坐于椅上，低头作沉思状，看表说：已经四点半了怎么还不见来呢？起，在地上低头散步。（冰华上）二人握手，同坐椅上。

甫 仁 我现在受家庭的专制，我做了负心人……冰华我负你了……

（痛哭）

冰 华 （作出极勉强的样子）这桩事我接到你的信以后，我就细细地想了……人事的变迁，真是万料不到的。

甫　仁　冰华！我想为保障我们神圣的爱情，也能够拒绝父命，脱离家庭，但我的双亲年高，只我单生独子。假如我和他们决裂，我实在是有点对不住良心。我的父亲，又那样激烈脾气。咳！叫我怎对的住我的冰妹哩……

冰　华　咳！咳！我既然拿神圣的爱情对你，我总要成全你这番孝心，体会你这片苦心，我倒没有什么难解决的。咳！专制！专制！就是万恶的泉渊，我们又何必作这无益的悲伤呢？现在我们圆满的希望，人生的幸福，虽被一阵横风吹散；但是我们还有家庭内未了的琐事，社会上应尽的义务……唉！罢了！只好像我们从前没有这回事一样。

甫　仁　我现在对于什么家庭，社会，国家里的事情，我实在是无心过问了，此后株守家园以终余生罢了！我自身的问题，尚且不能解决，怎么样叫我过问旁的事哩！

冰　华　咳！你哪里可以从此灰心短志，将你在美国时的怀抱、志愿，一旦受爱情上小小的刺激，遂付之流水。我劝你不要英雄气短，儿女情长，你不要以为负我，只好埋怨你自己的家庭，我不怨你，只怨我自己的命运；为什么生在这种新旧交替的社会呢？……我们婚约虽解，友谊仍在，如你不以我陈冰华愚陋可弃，那依然我们是好朋友，何必求全责备呢！

甫　仁　咳！冰华呵！我感激你能原谅我，更能劝导我，安慰我，但是早知今日何必当初哩！咳！家庭的专制，就是剥夺人生幸福的工具吗？

冰　华　咳！这种事情，谁还愿意提到吗！（痛哭）我现在原物归君，从此后……（脱戒指还甫仁）我现在再拿我们的交情，我临别还希望你……我进个末后的忠告：就是我希望你从此将昔日的那种缠绵委宛的情，一剑挥断，宽怀释念。将来拿对我的这种感情，推广到社会国家，有一种贡献成绩。在黑沉沉万恶的社会里，你作个明星灿烂的先导者；完成你在美国的那种壮志雄怀。那时不但对得住你的素抱，也算不负我陈冰华一番殷望了……咳！想不到回国未到一礼拜，就被环境所软化！在美国不是说中国社会恶俗的害人吗？但万想不到这种切肤的痛苦我陈冰华身受了……

（闭幕）（第三幕完）

第四幕　结　婚

布　景　礼堂式，中置一方桌，上置花瓶洋蜡证书等物，桌前置花数盆。开幕后，冰华同介绍人胡葆中布置会场。

冰　华　密斯忒胡！我对于这种事，很没有经验，不知道是不是这样布置？

胡葆中　很好！就是这样布置。

冰　华　现在时间已经不早，不知道外边预备好没有？王贵呵！（王贵进）

王　贵　陈小姐有什么事？

冰　华　你现在通知外边一声，说钟点已经到了，看他们预备好了没有？

（王贵下）（王贵上）

王　贵　外边都预备好了。

以下按礼单行礼（祝辞颂辞另详）

行礼后新妇出礼堂，冰华随出，男女宾皆散出。甫仁一人在礼堂作忧郁状，低头而散步。（冰华出，向甫仁鞠躬）

冰　华　米斯忒王，我与你贺喜。

甫　仁　咳！冰妹我想不到你今天会来，更想不到今天你来，还是这样对我……

冰　华　呵！你叫我怎么样对你？

甫　仁　我现在心已碎了！你还故意取笑我吗？

冰　华　我怎么敢取笑你，你今天燕尔新婚，正礼之夕，应当快乐，又何必向我说这种话呢？

甫　仁　咳！冰妹我不知你居心安在！

春　香　少爷……少爷……新人中毒了……死在地上了，……

冰　华　什么事这样慌张？

春　香　陈小姐呵！不好了……我们新少奶奶死了……

（闭幕）（第四幕完）

第五幕　偿　愿

布　景　公园

甫仁同冰华在此园行婚礼后，二人相偕游园。

甫　仁　今天我们婚礼既完，我数年的心愿，一旦如愿以偿，你想我何等高兴，何等愉快；这是我近年来最得意的一天。我想我们这次结婚，不但是你我破镜重圆，就是我的父母都异常赞成，这是我万料不到的，但我现在要第一感激就是那天毒死新人的那人。不过我准想不到谁有这种侠情，来完成我们的婚姻哩！

冰　华　（作受刺激之状）咳！万事难以逆料，你且莫这样高兴！

甫　仁　真奇怪这自然界种种万物。也是要和人为难的，你看那天这公园里那种荒凉凄惨，何等悲伤，好像一草一木都拿一付愁眉苦眼的面孔对我。今日呢？喜气洋溢，色彩辉煌。我心里所想的，眼里所见的，没有一样不是令我愉快的！所以万事都是虚幻，唯心所造的事是真实的。

冰　华　咳！据今日的情形，想起我们从前的事来，简直同大梦一样，也无所谓喜，无所谓忧，我现在是大梦已醒，但你……

甫　仁　你这话说对了！你看世界上什么兴衰……治乱……喜、怒……哀乐，哪一样不是苍天故意拨弄人在苦海里边转圈子呢！哪一个人不是在那里醉生梦死呢？我本来是个有志的青年，可惜我精神上受了那种刺激之后，一天天心灰意懒，渐渐地趋于消极悲观。把我从前的壮志都付之流水。现在我自身问题已遂了心，那么，从此我希望你竭力的帮助我，完成我们从前理想中所实现的事情。

冰　华　（面色惨淡，慢慢地答道）你且莫这样喜欢，你以为现在大劫已过，宿愿已偿，从此可以享家庭的幸福吗？但是天有不测风云，人有旦夕祸福，世事是没有一定的，何况是情场中的变化呢？（叹息）

甫　仁　你说这话很有道理，好像我们去年在这公园里，那一次诀别，已经破坏到十分，我决想不到我今生尚有乐趣和幸福，我更想不到我同你仍能结婚；可见万事不能逆料的了！现在我们自身的问题已解决，但是社会国家急需我们解决改良的事情尚多，我愿意我们奋斗去做我们为人应尽的责任。你何必这样消极呢？

冰　华　咳！你还不觉悟吗？既可由离而合，又何不可由合而离呢？

甫　仁　从前我们那回事情，不过偶然的事情罢了，你未免太多心了！

冰　华　是我意料到的，并不是偶然的事情！咳！！甫仁呵！你还不觉悟吗？我知道你终久有明白知道的一天。

甫　仁　我不同你说这些丧气话了！现在天气不早，我们可以回家用饭了，还有许多朋友在家里候我们吃饭哩。

（闭幕）（第五幕完）

第六幕　同归于尽

布　景　家庭式，右首置一方桌，上置洋装书数套，信纸水笔等物，方桌右首一长靠椅，左首置一小圆几，上置茶具花瓶照像等琐物数事，两旁置椅二，衣架一。

开幕后冰华立于方桌旁，作沉想状，悲哭状，决心状，遂走到桌旁，用信纸写字（哭泣）。

春香上

春　香　少奶奶，你写什么呢？吃茶吧！

冰　华　（慌张状）不写什么……你少爷呢？

春　香　在客厅同客人谈话哩。

冰　华　呵！你去吧！不叫你，你别来，知道吗？

春　香　是的。

冰　华　（由椅起身）咳！想不到我陈冰华今日这样的结果……咳！亲爱的甫仁呵！冰华这是末次同你通信了，我要郑重一点，看看有遗漏没有，还有同他说的话没有。咳！哪知道你十分钟以后，只能看到我的绝命书呵……？……（痛哭）

看毕，从身上掏出小药瓶，注视……久之。作决意状，仰药倒于椅上，作难过抓心状。春香上。

春　香　少奶奶！客人等你用饭哩！呀！怎么你这样了！（惊讶，急跑出）

甫　仁　（急跑上至冰华侧）冰妹你怎样了？（注视）啊呀！这个瓶是什……你难道是……呵呀（取瓶往口中倒）……我的冰妹呀（大哭晕倒）

（闭幕）（完）

游记卷

模糊的余影

——女高师第二组国内旅行团的游记

（一）车站上的离人泪

天空中布满着奇特变幻的云峰，把一颗赤日轻轻地笼罩着；微微底刮着些惠风，从树叶中发出一阵阵的音调；枝头的小鸟，也婉转啁啾着，都蕴蓄着无限恼人的深韵；我在不经意中醉化在这自然的环境内。我那时拿着一枝将枯的牡丹花嗅着；眼睛只望着窗外发呆；在讲堂的桌上堆着我那很简单而轻巧的行装——一个帆布箱，一只手提皮夹，一条绒毯；一把洋伞放在窗台上。此外还有芗蘅的几件同我一样。我们预定是十点钟到车站去。但在这几个时候中间，我觉着异常的沉闷，正这时光瘦梅来约我去找一位国文部同乡辞行去；在这一路上她告诉我旅行的检要和应当谨慎留意的地方，她拿着诚恳的声音说着，但在这言语的中间已略带着几分酸意，眼圈也印出一条红纹来。我把我托她的事都告诉她，她很会意，我们的交情是彼此心喻的，所以皮相上莫有什么可应酬的。

十点钟余由校中到车站去，我们一系共十二位，此外尚有博物系的十四位，坐了一大溜的洋车，路上的人异常注目。卧薪为了这次去南是不返北京的，所以她对这三年久住的学校未免有情，很依恋的不忍离开；走多远了她还在车上回顾那巍峨的校门。到了车站把行装安置好，我们另挂着一辆包车，所以很舒适宽大，空气也比较清爽些；在车门上插着一面白绸三角形的旗子，上边镌着“女高师旅行团”六个蓝呢字，顺着风飘荡着；月台上有许多朋友来送行，倍觉热闹。瘦梅一句话都不说，只默默地望着道旁的火车出神；她的心思现在必很复杂。我的枯花仍在我手绢中包着，她将永远萎死在这幅罗绫作墓田吗？我想些零碎的事情，不禁微笑了一声，瘦梅抬起她那冷静的面孔，向我脸上望了一下，也陪了一个苦笑，这时候我们的思想偕手了。

车站上的铃叮当声，把一个很热闹的空气，顿时消沉。每人心里都感到一种深刻的刺激；我们走的人都和送行的朋友握手告别，纷纷地都上了车。我在车上向下一望，一个京汉车站，都让我们女高的同学占满了；这时光我微弱的小心，都渐次收缩起来，在每人的面孔上都现着一种勉强的苦笑！最痛苦不过的就是那平素寸步不离，寝食与共的要好朋友。花前月下，有影皆双，猛然令她们受这种黯然消魂的离别滋味，这是多么伤心的事啊？当汽笛一声未完的时候，送竹雅的懿徽已不能再忍下去，如怒潮激山一样放声大哭起来！同情心的刺激，看了这种惨景，也不免落几滴热泪。当时车站上罩了一层愁幕——在旁人自然讥笑我们富于感情了！但我很希望这种同情心，都种在人的心田里，这细微的一点美德，足能够创造那和平的基石，在这崎岖的心腹中。

车慢慢地蠕动着！我同送行的同学都握别了；“前途珍重”的微细悲颤的小声音，都从那愁幕铺张的面孔表现出，不能不领着这微弱的心去悲哀的洞里去。白帕渐渐隐在树阴里了！火车的速度也增加了，她们的心魂大概都追随着辗转在车轮下，但这无情的车轮已飞驰电掣，载着我们去了。只留得车外几行杨柳，隐约在两边窗外飞度；茫茫的一片青田，送来一阵花香的馨味；我们几双泪眼望了望，都默默地坐下。竹雅依然在哭泣，许多人都安慰不了，车里都薄薄罩着一层愁幕。我把绒毯铺好，睡下闭着眼回想那一幅图画，不知不觉地又笑起来，痴呆的人类呵！沉醉的朋友啊！这又何苦来，只不过一月的离别罢了：就是从此永别，也是人生的解脱；又何苦做这无味的悲泣呢？不过这是事后的心里，当那时候，我知道谁也莫有那样无动于衷的勇气吧？

（二）京汉路中的残痕

沉寂了有一个钟头，离别的滋味也由浓淡下去，有几位同学搬出食物的匣子找点心吃。我在女高这几年，考察我们女高的特别生活就是旅行中的吃喝生活；每当春秋远足，或长途旅行，天字第一号的必需品，就是零碎食物；这点嗜好遂破了这无聊的空气。

到了保定我们都下车玩去，有许多同学去买熏鸡；孝颜同子赫的母亲知道她路过这里，特来看她们；我看见她们那种母子之爱，我就猛想到家乡的母亲来了。我这飘泊的孤儿，谁能安慰我那羁旅的痛苦哩！车慢慢开了，她们在三十分钟内包括了聚喜离悲的滋味；人生的究竟，也不过是这么个大舞台啊？

车在夹植杨柳的轨道中，风驰电掣的飞度，只能看见远远的青山，茂郁的森林，和天空中的散云，是很清闲的不动。想象我这次旅行，家里的父亲曾让我去第三条路线——青岛。不愿意令我去征这万里的长途。此外尚有些黄河桥断——临城匪劫的印象在脑海中波动，但终究为理智降下去。离开了软红十丈的北京，去作天涯的飞鸿！

暮色的云渐渐地由远的青山碧林间包围了大地，一阵蕙风香草，把我一天的不快早完全的消灭下去；我伏在窗上看那日落西山的景致；在万绿荫蒙中，一轮炎赤的火球慢慢的隐下去，那时照着孝琪酣睡的面孔，映着一道一道的红霞。

晚风是非常温和，暮霭是非常的美丽，在宇宙中之小我，也不知不觉的融化在自然的画图中；但在一刹那间的印象，无论你如何驻目，在时间中是不少逗留的，仅留了很模糊的一点回忆罢了。我把零碎的思想寄出来！也就是在京汉途中临时的摄影——

人生都付在轮下去转着，
谁都找不到无痕的血泪啊！
命运压在著满伤痕的心上，
载着这虚幻的躯壳遨游那茫茫恨海！

别离是黯淡吗？
但斟清泪在玛瑙杯内，
使她灌在那细纤柔嫩的心花里，
或者能把萎枯的花儿育活？

攘攘底朋友们，
痛苦的胁迫
都在心的浅处浮着。
痛苦啊，
你入不了庄严的灵境！
在坦荡清朗的静波里，
没有你的浮尘呵！

啊！
夜幕下是何等地寂寞萧森哪！

憧憧的黑影，
伴着那荒冢里的孤魂。
尘寰中二十年的囚庐啊！
那一块高峰？
那一池清溪？
是将来的归宿啊！
在永镌脓血的战地，
值的纪念吗？
我只见鲜血在地中涌出！
我只见枯骨在坟上蠕动！
恨呵！
在这荒草中何能瞑目！

朦胧的眉月，
分开那奇特云峰，照着这凄惨的大地。
月中的仙子啊！
可能在万象肃静中，
抚慰那睡着的爱儿，
在脓血里洒一把香艳之花，
在痛苦里洒一付甜蜜之泪。

咳！
月儿也黯淡了，
泉声也哽咽了；
只闻着——
荒山中的惨鸣，
烂桥下的呻吟！

梦吗?
玉镜碎了,
金盘化了,
杜鹃花为着落花悲哀了!

地上铺着翠毡,
天上遮着锦幕,
空中红桃碧柳织就了轻轻的罗帐,
江畔白鹅唱着温柔的睡歌,
何日能这样安稳地睡去啊!

黑暗中的红灯呵!
萤耶?
磷耶?
像火珠似的缀起来,
簪在我的鬓旁;
把浓浓的烟在空中浮着,
将这点热力温我这冷冰了的心房。

叫我去何处捉抹(摸)啊?
她疾驰的像飞燕一般掠过去!
你既然空中来的无影,
空中去的无踪,
又何必在人间簸弄啊?

我想乘上青天的彩虹,
像一条破壁的飞龙,

去追那空泛的理想去；
但可怜莫有这完美的工具啊！

我扶在铁栏杆望着那夜之幕下的风景，
在黑的幕上缀着几粒明珠的繁星，
惨惨地闻松林啜泣，
呼呼地听那风声怒号，
我的心抖颤着，
宇宙之阴森呵！

清溪畔立着个青春的娇娃！
收地上的落花撒在流水里荡着；
恰好柳丝绾住她的鬓角，
惠风来吹拂在肩头，
她微嗔的跑回了竹篱去了；
依然回眸。

烂缦（漫）天真的女郎呵！
我愿化作枯叶任你踏蹦，
我愿化作流云随你飞舞，
悲哀的心，
只有这样游戏啊！

我猛忆起荷花来了，
你清白的质呵！
在污泥中也自有高雅的丰采；
但是险恶的人类，

又拿着火焰的扇来拂你。

　　孤独者啊！

在沉寂中谁吹着角声？

我愿在暖暖的幕下，

寄寓我这萍蓬呵！

同情心的花太受摧残了，

我哭着我的前尘后影；

但梦境啊！

依然空幻。

当我梦境香浓的时候，

江南的画片，

印入我的残痕；

这生命中的历程啊，

在枯叶上记下吧！

（三）女师范楼上的晚眺

寂寞阴森的夜幕下，我同孝琪、宝珍坐在车门外的铁栏前，望着那最沉静幽暗的夜景；除了天空中镌着几粒明星外，目底的风景，都如飞的度过去，模糊中能看到磷的闪烁，萤的辉煌；我那时睹着宇宙的休息，我也静静地伏在孝琪的肩上，闭着眼想我一切的事情，耳旁除了车轮激激轧轧之声外，另有松林的啜泣，悲风的怒号；这是何等的凄凉啊！夜寒了，凉风吹着不禁生栗，我为了要特别珍重自己的精神，所以向她们说了声晚安，我遂走进包车里。一股热气扑鼻欲呕，一盏半明半暗的电灯，在那车顶上颠簸着；隐隐地照着许多已经入梦的静闲面孔；这都是天涯的飘萍啊！

我把毡子铺好，也蜷伏在车上，预备在这车上寻个浓梦，去找忘丢一切的生活。但这是不能的事情，一桩桩陈事都涌现在心头，“长夜漫漫何时旦”啊？在无意中一伸手，忽然拿到早晨手绢内所包的牡丹花，我在暗淡的电灯下打开一看，咳，已枯萎成了一团枯瓣，我不禁流下几滴热泪来写了：

当那翠影摇曳窗上，
红烛辉映雪帐的时候！
美丽的花儿啊！
你在我碧玉的瓶中住宿，
伴着我检点书囊。

静默的夜幕下，
星光黯淡，
月色洁蒙，
我的心陷在悲哀的海里，
猛想到案头的鲜花，
慰我万千愁怀。
“哭花无语泪自挥”，注：我的旧诗《哭落花》中之一句。
在你轻巧的花瓣上，
染遍了模糊泪迹，
可爱的花儿啊！
你的“爱”我已经深印了，
魂啊！你放心的归去。
幻景中的驻留啊！
抛不下的帘影月痕，

茜窗檀几，
将常常印着你的余痕；
我将展开命运的影片，
把你作了我身后的背景。

花魂呵！静静地睡去吧！
明年今日在花丛里，
我们再会啊！

在梦境恍惚的时候，茶房说："黄河桥快到了。"我翻身起来，见窗外已渐渐发白，已能模糊的看出青山碧水，这时候同学都醒来，梳洗的时候，慢慢已将黄河桥过了。我就在车上写了一封信与父亲，告诉这一日的情形。

目的地快到了，南方的风俗已能在铁道旁的乡村看出一点；气候已比较北京润泽多了，第一个明证，就是惠和的卷发已慢慢地垂下来。在稻田和荷池中间，常看见赤足带笠的老农，驻着足望我们车过去，他才慢慢地低头去做他的工作。我们快赶到汉口的时光，我们都异常的有精神！到了车站，有我们体育系旧教授鲁也参先生来接。他现在任武高的体育主任。当时我们检点自己的行李，从车站上搬到月台上，集起来多极了，但仅有五十六件而已。有庶务招呼着雇人担过江去。我们同艾一情先生（领导员）到六码头上船，只见江水滔滔，东流不绝，两岸船支如鳞。迨开船后，我站在甲板上，临风披袂，风景殊非笔墨所能形容。抵汉阳门下船乘洋车至洪兴街女师范，距离很远，所以一路上见闻可叙的很多；不过每到一生地，初到时所受之印象很深，一经多见则反不以为然，故今日追记，殊不易易。武昌街市狭而不洁，下雨时多，路多泥泞，鱼腥潮气，扑鼻欲呕。劳动人在街市中往来，凡肩挑手提重物的人，口中都发出一种很合韵的歌声，前后相应，长短相续；一经我细心的研究，始知应用心理的作用，减少疲劳和困乏。

女师范和武高及武高附中都相距甚近，门前为极宽广之荷花池，杨柳阴浓，荷花香馥，想月圆日落时之美景，该校同学当不肯辜负，不禁欣羡！

应接室的陈设很古，有大红的靠枕椅垫，坐着太师椅，吃着龙井茶，这也是几天在火车上劳顿的绝好报酬和安慰。该校新校长见我们说了几句谦语，遂让我们到里边去。这个学校很大，树木很多，草花茂盛，又逢着阴沉的天气，一阵阵浓香在鼻端吹过，精神上觉着很愉快！应接室距离内堂很远，过了几道屏门才到寄宿的地方——楼上。共总给我们二十间的房子；我们两系分开住恰好。在楼上扶栏一望，修竹碧柳掩映窗外，蝉声鸟语啁啾枝头；在草地上有女师范同学数人，联袂谈心，慢步其下，风景殊佳。数日劳顿，铺好了床，我本想静养一下精神，预备明天好提起精神去参观，但是睡不着；只好听着别人的鼾声羡慕吧！这时光约有一点多钟，外边静静的万籁无声，有时只听见风过处几点宿雨由树上落下。我觉着睡的不舒服更难过。遂披衣下床，到了门外的栏杆前，望着那碧蓝中镌破了的一湾眉月，正在含笑窥人；树叶被风拂着，慢慢地颤动；满地印着树叶间的花痕。静静地死卧在地上的树影，像永眠了一样。这时光我心中觉着宇宙之伟大和神秘，惟有静时可以领略到，当时的零碎感想写在下面：

我在浅蓝软松的罗帐下，
捧着一颗碎了的心，
睁着一双枯了的眼；
望着那晶莹清朗的星月祈祷了！

杨柳的丝呵！缚不尽人间的烦恼；
温和的风呵！熄不了心头的微光；
在这薄薄的幕下，
涌现着生之荆棘！
掩映着死之悲痛；
沉睡在美丽玉石的墓碑上，
在花丛里嗅着余香，
静听那深山猿啼，
杜鹃泣血；
林中的落叶也助着叹息！
美丽的花圈，白玉的架前；
将宇宙的一切，轻轻地掩覆。
人类是无情啊！
像残秋的荒冢，
寂寒的绝漠；
一颗热的心埋在冷云下，
一腔鲜的血流入洋沟旁；
在生之幕下只看见：
骷髅披了绛纱舞蹈！
枯木戴着花冠祝贺！
生啊！春花的绮丽，
死啊！香梦的温柔，
虚幻的人生哟！
只有啼痕泪痕，
绝漠荒冢是宇宙的“真”景。

（四）湖北的教育

天气特别的清朗，俨然像含笑的面庞，映出明媚的容光，异常焕采，我坐在楼上的窗前写信，杨柳一缕缕向我飞舞，小鸟呢喃着向我告诉；树影的花纹印满了我的信笺，当时我把目前的风景，描写了告诉与我的朋友。信刚写完艾一情先生来领我们参观本校；这是我们实行参观的第一天。

湖北女师范风潮的事，我依稀在报纸上看见过，但我因那时并不十分注意，所以内容如何，我不知道。就表面看来是校长问题，这本是极容易解决的事情。办教育的人，知道校长不能胜任，使学生满足；那么就该鉴谅学生的苦衷，允他辞职另选贤能，何能为一个人的进退——饭年问题，牺牲了学生一年的功课，和黄金的光阴？这未免太对不住学生，而且对不住教育——女子教育。当时解散后，二百余名失学的同学，这种痛苦无可形容；又无相当的学校转学，男附中仍持闭关主义，不肯解放。想当时同学有多么可怜啊！

一年的痛苦，现在比较是愉快了：因为在我们未到湖北的前一星期，已恢复原状，这也是我们最欣慰的事，为湖北女子教育可以祝贺的！张健是该校新任的校长，系美国留学生，表面上看来办事尚热心，学生也十分满意。不过损失太大，此种善后办法，自然很难措手，但就表面上看来，女师开课第一星期，而教授管理方面，已粗具规模，这或者是一个绝好的成绩。我很希望湖北女子教育为了这一次的摧残大放光明！

学级编制分师范五班，预科一班，人数共二百余人，经费一月需一三一三（元），小学和蒙养园都在内，学生生活的组织，因初开课尚未就绪，但湖北学生的精神活泼，精明强干之才，常溢于眉宇，是一眼能断定的。

附小即在师范的前院，人数得有三百；我们参观的时候恰值下课；仅见满院的小朋友，乱跃乱窜，如珠滚玉盘，异常的活跃。有几个手里拿着小皮球看着我们，在那里窃窃议论；我走到一个打红结辫子的小朋友面前，意欲问她几句话，但她只微笑着望着我，我愈亲近她，她愈远避。至今我回忆起来，依然能想到她那粉红的腮，墨黑的发，和那最含情的微笑。上课铃打了之后，一闪时都回到课堂里去，端端地坐在那里，眼只望着黑板，但有时依然要回头看着我们微笑。天真烂漫活泼可爱的小朋友，只在不经意的微笑中涌现出爱的苗来！

参观高小二年级的体育教授，教师纯以哨声作口令，倒很别致；不过不容易引起学生的精神，未免失之机械。运动多半属于四肢，莫有躯干的练习，胸部简直是莫有运动，所以学生多半是弓腰和头前倾的不正姿势。教员未免太舒服了，只站在旁边背着手瞧着，反而让学生一个个出来示范；一切不正确的姿势，教师概不加以临时的矫正，和自己模范的示范。总括起来批评，教师莫有明了体育的真目的，学生自然得不到体育的真精神，这是无可讳言的。蒙养园因时间的短促，未得去参观，未免觉着遗憾，因为蒙养园主任，是我们女高保姆科毕业的同学罗君，那么，一定另有一番新的教材和教授，但现在只可想象罢了。

出了女师范依然看见莲渠清溪，岸旁杨柳，一阵阵清风送着荷香，慢慢地卷起我的衣襟。在树木阴蒙的对岸，依稀能看见高师附中的楼房和电灯公司的烟筒。踱过了小桥，在石级上见许多妇人在那里洗衣服，见我们过去，都赞美我们的伞的美丽，停了她们的工作，望着我们过去。

武昌高师附中的校舍，前面一排楼房是刚竣工的，对于采取光线和流通空气尚好；临窗可以看到我们经过的莲池和柳堤。

参观四年级甲组会话，系外国人教授，桌上放着教授中所应用的实物。四年级乙组上几何。学级编制有五级，一、二、三、四年级共分甲组乙组，全校人数共二百，寄宿者一半，经费每月一八八四（元）。管理方面，每日整队点名后，朝操十分；七时半朝会，大旨是鼓励其善，劝勉其不善。体育方面的组织，有网球队、篮球队、垒球队、田径赛队及各种游艺。

学生自治的能力很强，学生自治会能使学校中校务公开，经济公开。并不是虚牌号，他们调查实行的成绩、报告、一览表，还挂在壁间，我们都能一目了然的。这一层我异常的佩服附中同学自治的能力。

我零碎看到的事物和感想，不妨在这里略叙一点：我看见附中的学生比较上看来，年龄上有许多很大的，而且对于清洁方面绝少讲求，寝室里面限于地方狭小，故空气不甚流通，清洁亦殊欠讲究。寝室和饭厅距离很近，虽限于地址，但对于卫生方面似不合适。如有机会仍以隔开为佳。

高师的附小，民国四年时同附中是合并在一起的。七年的时候不戒于火，故八年始将楼房建起的，因不宜于小学之故，九年遂实行分居，但因校款拮据经费无着，不能继续建造，几间校舍已不敷用；十一年校款解决后，始着手进行，现正在建筑中。

小学的编制现在都是单级，无复级，小学共七级，高小三级，去年改其编制，故科目亦稍有变动：

唱歌，谈话（修身科），国文，教学，读书（有一二年缀合读或工作），自然研究（在低年级为观察室内外极简单之事物，如有问题，使学生提议，书于板壁，第二日研究其心得）。社会科有三钟，自然科有一钟，室内实验共三十分钟。

教授的方面在国民三四年级，仍照惯例，在其他科目教授的方法次序都有不同：讲演科先由学生提出问题，然后教师指导其读书，读毕教师令其研究讨论，实地发展其心得；而后教师再加以引导和矫正。文艺有课本，不过因其教材多缺乏文学兴味，所以另选文艺排印好付学生。此外数学有书，史地有书，另外尚有笔记和讲义作参考。

现无蒙养园，因无地址故，拟在明年成立。校中经费一月需一二一八（元）。教职员十五人中有女教员五人，学生得分七班，人数二百余。附小的教授训练管理，我觉着非常的满意，所培养的学生，完全是民治主义时代的产物，有活泼的精神，充足的常识，重公德，守规律，整齐清洁，莫有一样不讲究，足见教师们的苦心训练，及学生的自动能力。在湖北的教育，这个学校最令我满意。

国二一年级的小学生的教室，装饰的异常美丽，有名人的照像，著名的风景，美丽的画片和图画，琳琅满目，美不胜收。有小的玻璃橱，里面放着儿童的用书，可以随便阅览。每级教室的门壁上，有每周学生出版的新闻纸，里面有文艺小说、笑话、论坛、时论、滑稽画，大半多是关于国事痛心，唤醒民气的作品。可惜是下午去的，莫有赶上参观教授。

昨夜梦同纫秋共舟渡江，在甲板上清风徐来，水波不兴，正亢喉高歌，俯仰宇宙的时候，纫秋凭在我的肩头，指着东北角上让我看：只见一道白光起伏江中，渐渐地扑着我们的船头而来，风声呼呼地如虎一般怒吼，一个白浪扑头而来，当时把我惊醒。恰好窗外雷电交集，大雨倾盆，在旅客的心中发生了许多感想，默计明天一定不能出去参观。窗上现鱼白色后，我起床梳洗毕，握管与北京的朋友写信。用早餐后我看《创造》几页。下午同艾一情先生参观高师。高等师范的校舍规模很大，校舍亦建筑的合宜，地势很好，建在蛇山的旁边。这是湖北教育最高机关，所以一切设施，也比较完备，但不过也是同北京教育界一样的闹穷。

分科为八系，男生共四百人，女生正科九人，旁听生二十人，去年开始完全开放，招收女生；下学期拟开文学教育研究科，数学研究科。经费每月二万八千（元），临时一万（元）。设备有博物标本室，动、植、矿、生理标本分列一室。关于此类，武昌标本特别丰富，所以武高的博物科学素负盛名，诚然。理化实验室、标本室同化学用品室，设备尚完全。自修室每一间六人，同北高仿佛；在楼上空气清鲜，光线也明亮。寝室每一间四人，比较附中已清洁整齐多了。女生寄宿舍另住一偏院，很僻静。

武高学生会昨日已来公函与我们参观团，定在今天下午二时在本校大礼堂开欢迎会并设茶点。所以我们略一参观之后，已经到了时候，学生会主席请我们赴会。大礼堂在蛇山上，稍高，有石阶可达，由下边看去，掩映在树叶飘动的碧柳中，很露着一种伟大而幽雅的景象。当我们上去的时候，已经看见大礼堂黑压压地站着许多人，见我们进去，都一齐鼓掌欢迎。他们是很诚恳地欢迎我们。主席报告了之后，有五六位同学随便讲演，他们的唯一共同目的有三点：一、武高北上请愿，感谢我们的援助；二、希望我们奋斗去作教育事业，谋未来的光荣；三、就是对于湖北教育，痛加批评。我是参观团内的交际，所以致答辞是我不容辞的职务，只好上台去答复几句。但是一阵掌声，几乎把我的灵魂收不拢来！欢迎会完了，在应接室用茶点，有几位学生会的干事陪着，三钟始尽欢而散，我们遂回到女师范去。

总结起来说湖北的教育，环境非常恶劣，上等有力的社会中坚人物，他视教育是无足重轻，可有可无。所以湖北的小学教育，异常的不发达！路上失学的儿童举目皆是，全省小学教育不到二十处，只有五千就学的儿童，失学的儿童有五万之多。我们在路上常常能听到诗云子曰的朗诵声，私塾多于小学有数倍。凡上等社会科长秘书等类的子弟，大概都不准入学，仅会写自己的一个名字，往往有十五六岁而不懂加减乘除，仅能临帖、做八股。这是何等的可怜啊！所以我以为湖北现在需要的就是小学教育，施行普及的方法，和救济一般贫穷失学儿童，只有广设平民学校是唯一的妙谛，我很希望中学和中学以上的学校，努力做这种事业去。三四天的形式上参观，如何能看到教育上的利弊，但这一点意见我观察的结果，觉着是很急需的！官厅既不可靠，那么，我们青年应该努力地做去。

（五）武昌的名胜

天晴后空中幻出五色彩云，捧着一轮赤日，慢慢地披开了砌叠的云幕，撇开了朦胧的愁网，冉冉走出，在宇宙中当时焕着耀目的奇彩！我们参观团在这时光，遂踱过莲池，经过鄂园，向着抱冰堂而来。

抱冰堂建在蛇山上，由下边一级一级地上去，绿树阴蒙中，隐现着红绯娇白和画楼雕梁。一阵惠风披襟，花香浮动，只见万紫千红涌现眼底，我们进了抱冰堂的大厅，壁上系着古画屏联，中间放着古瓶二个，高约四尺；凡武昌雅人伟士都在这个地方宴会。地周围约有一万二千九百四十八方丈。抱冰系张之洞的别号。张之洞督鄂的时候，鄂人感公盛德，故建此堂，为公生祠。大厅的西面，相距约五十步，有很庄严的五间大厅，双门锁闭甚严，推开门只见灰尘满地，蛛丝满壁；中间的神龛供着张文襄公的牌位，旁边有黎元洪立的碑。

晴后小径中青石粘土，十分泥滑；两旁千条垂柳，常绾鬓角。再上去是十桂堂，张叶如幕，桂树林立，可惜这不是秋高月圆时。站在十桂堂的中间由树缝里看见长江如练，民房似栉，可以看见纺纱厂的烟筒；黑云萦绕，烟雾轻罩，凉风过处，心神为之一爽！这是何等舒适逍遥的境界啊！可惜上去了一大群丘八，我们只得远避。从石砌的道上过去，有小亭有假山，怪石奇岩，嶙峋无状，我们在这里照了一个游像作纪念。他们都走过去了，我坐在小石上，听着小鸟的啁啾，布谷的婉转，一声声都令人感到一种超然神游的景象。碧天的游云，阶前的落叶，飘萍无踪，荣枯靡常。转瞬间我又车声帆影，飘游于何处何乡？人生如逆旅，在浅的心里常印着斑点模糊的追忆迹象……在我思想深入的时候，忽然有人在我肩头一拍，吓的我跳起来，回头一看，原来是惠和，她笑嘻嘻地手里拿着一束草花。我遂携了她的手，由小径中穿出，浓茵铺地，碧草拂鞋，一阵草香扑鼻欲醉。地址虽不大，但结构异常精巧合度，风景如画，涌现千里，而且寂静阴蒙幽雅最宜人。比较黄鹤楼的术士乞丐汇集者，当然有雅俗的分别了。

二十五号的下午，参观了附小以后，雇车到黄鹤楼去。我同芗蘅先到的。只看见些败壁颓垣，萎靡万状，乱石堆集。我同芗蘅也不知道黄鹤楼是何处上去。后来逢到一位小学生，是附小的学生，请他给我们领路，上了一道石坡就到了。只看见很巍峨灿烂辉煌的高楼，我以为是黄鹤楼了，原来是照像馆。这楼的顶上，镌着个展翅的黄鹤，两旁有一副对联是：

眼底汉汪空色相，
楼头云鹤复归来。

由这楼往西，就看见一座一座的相面算卦的棚和命馆，进了张公祠，登了奥略楼，临窗一望：江水滔滔，涌现眼底，帆影如雁，翺翔上下。在碧云黄涛的尽头，依稀如翠螺堆集的，就是龟山，对着奥略楼有一座西式茶楼。高出云霄的，就是黄鹤楼故址，在我们未到杭州之先，就听说这楼又塌了。

张公祠就是张文襄公的祠，现在湖北教育联合会在里面；所以奥略楼上有张之洞自题的“日朗云空”四个字的大匾！

两旁的对联是：

昔贤整顿乾坤，缔造都从江汉起，
今日交通文轨，登临不觉亚欧远。

这是张之洞所撰，辛亥之役，不知沦于何所，壬戌秋重建，请教育厅宗蔡重书。奥略楼下壁上有王羲之的一笔“鹅”。从奥略楼下去，就是吕祖庙，里面香烟缭绕，令人头晕。里面有吕祖的骑鹤吹箫的像在壁间挂着，对联是：

鹤飞楼在名千古，
地缩仙归道一家。

我同惠和在签筒里抽了一棱上上签，她们都笑我们迷信。出了吕祖庙，走不了三步，就有乞丐来索钱，男女老幼都有；原来这是黄鹤楼的出产。黄鹤楼在我心坎中的印象很深，但我觉着除了上了奥略楼望长江外，没有一样入目的东西，只见龌龊的乞丐，崎岖的道路，败垣乱草中，又有金碧辉煌的大餐馆显真楼，中国人不知正当的保存古迹是何等的可惜。

二十六号的上午我们乘着汉阳兵工厂的武胜轮破浪直进，在烟波江上，只见风帆上下，浪花飞溅，放眼望去，龟山临左，蛇山傍右，武昌、汉阳、汉口鼎足相向，湖北形势为历史上最著名，实在，诚然。船入汉水未久，而汉阳已在目前，两岸树木林立，浓绿阴深，不觉忆及古人诗“晴川历历汉阳树，芳草萋萋鹦鹉洲，日暮乡关何处是，烟波江上使人愁。”武胜轮拢岸后，我们遂舍舟登陆，陡觉炎热凌人，清凉隐逸。走得十余步，已抵汉阳兵工分厂。地址阔广，每一工厂，相距甚远；汽炉炉煤之气，扑鼻欲呕！先至漂棉厂，就是将烂棉花入锅漂过。磨棉厂，汽炉房，马力房，都在这一方，比较尚近，不需多走路就到了。此外又到拌药房、切药新厂、压药新厂、矿炉房、硫酸厂、真空房、酒精厂、枪厂、木枪房、炮厂、钢壳厂、机关枪厂、枪弹厂、打铁厂、木样房、机器厂、图案课。由上午九点钟参观到十二点钟，赤日当空已属炎热万分，再加上参观的工厂，不是机声轮轮，就是汽煤呕人，头晕目眩，痛苦万分。但一想到工人的辛苦，我们也只好勉力的向前；对于工厂的组织和化学配合，纯粹是门外汉，参观所得仅仅一种形式而已。参观完兵工分厂后，遂返汉水原下船处，仍乘武胜轮至兵工总厂，其督办杨文亮的夫人偕其大女公子、大少爷在门外欢迎，至会客厅稍息，幸而有几瓶汽水，才把这一上午的积热逐去。又至总厂参观造枪炮之机器及程序，其工厂分法与上所述分厂同，不详。我看过一遍，见工人在煤气中生活是何等危险；而其点滴血汗所造成的杀人利器，既不能保障国家的富强，反用以作残杀同胞的工具，这是何等可怜，可惜！中国军阀！中国军阀！何其浑昧如斯呵？炮厂现在正为某军阀赶做绿（氯）气炮，可知其阴蓄之久，而中国内乱其有已时吗？

参观完又返总厂的会客厅，督办请我们吃大餐；最有趣的事是督办的母亲杨老夫人，她很奇怪我们这次出来参观。她的心理仍以为是闺阁小姐何能事万里长征。所以她在会餐的时候，问了我们三句有趣的笑话，第一句是：谁家有这些女儿？第二句是：谁家要这些媳妇？第三句是：何处找这许多婆家？这是个很难答的答案，我们只好付之一笑吧！饭后，杨督办拿来许多纸，让我们每人随便写几句话留作纪念。我们为了这一饭之德，更不好推辞，只好每人随便写几句感谢祝贺的话；这一来把我们女高师的程度都考去了。

客厅后面有极幽雅的小园，绿树阴覆如遮翠幕，遇一极小之茅亭，碧波荡漾，游鱼上下，池心有朝天荷叶，映日红莲；池旁杨柳树下，有白鹇一双，头藏内颈内，正在酣眠。由树林中望去，真神仙佳境。我在这里忽然想到一件极悲哀的事，一腔热泪，夺眶而出，故人何在？旧景虚幻，所留的仅这点触景的回忆，和我这天涯的飘萍！

四围黑云渐渐地包拢来，一轮赤日已隐回去，清风送着草香荷馨，令人神醉。我们二十余人，掩映出没在这小园中，陡觉园林生色，草木欣然。我同芗蘅在一片山石上坐着，谈去年今日在北京时的情景。看看天上云愈堆愈厚，照像馆已有人来了，我们就择一块前有小泉，后有青山的地方，站着的坐下的照了个像。

照像后，尚有一个铁厂未去参观。我因为精神困倦的缘故，所以同芗蘅、惠和走到江岸去找船。但这时候江里的风浪很大，天气阴沉，不久即雨，我不敢去冒险，遂又回到铁厂的应接室休息。里面有茶点有电扇，我遂躺在睡椅上假寐，略养心神。这时候雨声淅沥，乱洒蕉叶，又换一幅无聊之景。五时天始霁晴，去参观铁厂的同学已回来，遂一同至江畔，仍乘武胜轮返武昌。一路风浪甚大，汉江苍碧，一望无际，远眺云霞灿烂，虹采耀目，江上风景殊觉宜人。我们在甲板上曼声唱《卿云》之歌，余音萦绕江上，许久不息，临风披襟，心神为之一爽！

（六）江新船上的生活

二十八号的清晨，我朦胧中被芗蘅唤醒，遂整理行装，至十时遂乘车到六码头上船至汉口。下了船我提了自己的提箱，上了江新船。慧文、永叔她们都住在二层舱，我同芗蘅住在三层舱中房舱六十六号，地方虽不大，但比较火车是很舒服。连日在湖北精神劳顿，：异常困乏。芗蘅约我去汉口街上买点东西去。我想息一息，遂托她与我买浅蓝夏布。她走后我闭上房门，把床铺好，遂在床前一个小桌子上与我的朋友幼秋写信。下午二点钟的时光，船上的客人，已都搬来，人声嘈杂；我脑中：不胜其烦嚣，只好伏在那五尺长的床上觅梦中的生活去。

晚十时开船，芗蘅唤醒我，那时夜寒澈骨，我开了衣箱，找出我的围巾披上，遂同我们同学到甲板上去。现在船开了已有一点多钟，岸上明灯闪烁，映在碧苍的江水里，间有一二小划子在里里面荡漾着，依稀看见竹笠蓑衣的渔翁。慢慢地离开汉口远了，灯光也减了，岸也远了；只留着一支船载着我们激荡前途。我遂返房舱，在那黯淡的灯光下，与父亲写信，叙我今天的经过。

二十九号余醒已七时，昨晚在船上睡眠很安适，但精神甚倦，早餐亦未用，觉头晕目眩，心中万念起伏，欲睡弗能，遂找肖岩同我至甲板上眺望，只见云峰起伏，远山含烟，风平浪静，波纹如绉。我凭栏同肖岩谈故邻佳话，旁有一老人倾听，看他的样子，像个名刹的老僧。上午抵九江，卖瓷器的很多，我们同学都提了钱包预备正式的贩货，我买了一尊观音像，同几个洋妞妞。我下了二层舱见永叔的床上堆满了瓷器，果盘啊！碗碟啊！弥勒佛像啊！我们每个人的瓷器合拢来，不知能装几箱。

下午三时，小孤山已在望，在江心矗然而立，青翠如螺浮江上，临近楼阁始现，船绕其下，仰望清媚江山，其风景只可臆想，不能笔描。芗蘅回舱取铜箫吹之，觉哀怨幽婉之情，萦绕水面，不绝如缕，舱外星斗争辉，江风萧瑟，只微波渺茫，浪花上下而已。晚九时抵安庆，买笔数支后，遂寐。

三十号早，我只觉凉风透窗而人，精神清爽，比昨日已大有兴致，梳洗后，略用早点，遂偕芗蘅至甲板，眺望江心烟雾迷漫，朦胧中隐着轮晓日，风景殊佳。见宝珍拿着一本《花月痕》看，她已看完上册。我素闻这本书的名，但确未看过，乘此无聊中，遂向着宝珍借了，回到房舱里倒在床上去看。下午到芜湖停船后，我才抛了《花月痕》，到甲板上来。这时人很多，因为安徽一师的学生也是赴南去参观，恰好这时也上船来，原来已有武高的同学二十余人。有女乞丐坐着大木盆要钱，木盆里面像家庭一样，年老的像祖母，中年的像母亲，睡着的像哥哥，母亲怀里抱着哺乳的小弟弟。我们看着很起了同情，争拿着铜子向她们的木盆里投去，有投准的，她们喜欢的赶快拿着放在沙锅里，有未投准的，她们急着向江心里乱抓。卧薪的一个铜子恰好投在睡在木盆里的哥哥，他陡然的哭起来！他祖母抱起他来向我们鞠躬，表示很感谢的意思。船开了，木盆也慢慢地划到岸那边去了，我们因为今天下午就到南京，所以赶快回舱去取拾行装。我并且继续看我的《花月痕》。两点钟到南京码头下船，仲鲁的皮包被刀子划破不说，一管自来水笔也不翼而飞了！南京的境象，地很辽阔，比较北京荒凉的多，但空气清鲜，树木林立，城市有乡村风致，比北京尘土迷目，车马嚣烦，自各有不同。我们乘着马车，走了约有七八里地，都是除了颓垣坏壁外，就是荒草萋萋，古木森森，别有一种的感慨发生。经过了东大农业试验场，和东大女生寄宿舍，遂到督署新街华洋旅馆停车，收拾行装后，与东京和北京的朋友写几封信去告我的行踪。

（七）南京的几个学校

一、东南大学

三十一号的清晨八点钟，我们乘着车去东大，不想走错了路，后来又绕回来才找到。东大和南高早已合并，校舍亦在一起；所以我们参观实在分不出何为大学，何为高师。地址很辽阔，建筑尚有未竣工的，据云校款下有五万七千的建筑费。我们先到体育馆去参观，规模很大，分三层，第一层楼下，为器械贮蓄室、洗澡室、换衣室、体育研究室等处，里边尚未竣工。第二层楼上，即体育房，装着十二个篮子；中间有帆布一卷悬梁上，如女生上体操时可放下，隔为两间，毫不妨碍。地板系以七分宽七寸长的木板砌成，清洁，而且不易滑倒，时适普通科练习队球，参观约三十分钟始至馆前草地，看体育科垒球，系麦克乐先生教授。孟芳图书馆尚未竣工；我们参观的阅书室比较他处已很大，分中西两部，每一部有管理一人；迨孟芳图书馆工竣后，即将此阅书室迁入而加添书籍，稍事扩充，其规模当可与清华颉颃。

农业试验场在校外，出后门可达；约有十顷余，建费共需六千；分畜牧、园林两部，树木荫森，畦田青碧，大有农家风。中有菊厅一所，内有中西餐及各种水果、冰淇淋等食物，专为学生消遣宴客。管帐系一女子，此事殊觉有趣而且清闲。旁有小公园，草花遍植，荷香迎人，有小山，有清溪，有荷亭，有极短之小桥；应有尽有，精小别致，结构佳妙之处尤多。由草径过去约百步，有兽医院，有农具陈列所，有牛舍鸡舍猪舍；因时间匆匆，故未能尽行参观。

东大每月经费五十万，学生共六百余人，女生四十四人，特别生二十九人。校务纯属公开，由学校评议会、组织行政委员会负责。学制为选科制，规定学分最多每学期二十——十二，其中自由可以增减，够一百六十分为毕业，不计年限。学校中的考试注重平时自修和笔记。学生自治会，皆关于学生生活方面的事情。集会有英文，国文，文艺，图画，体育，音乐研究会。

东大以学系作主体，暂设下列各系：

（1）国文系，（2）英文系，（3）哲学系，（4）历史系，（5）地学系，（6）法政经济系，（7）数学系（附天文），（8）物理系，（9）化学系，（10）生物系，（11）心理系，（12）教育系，（13）体育系，（14）农业系，（15）园艺系，（16）畜牧系，（17）病虫系，（18）农业化学系，（19）机械工程系，（20）会计系，（21）银行系，（22）工商管理系。每系有研究室。

以有关系的学系，分别性质，先行组成下列各科：

（一）文理科，（二）教育科，（三）农科，（四）工科，（五）商科（在上海）。另外有推广部如下：

（一）校内特别生，（二）通信教授，（三）暑期学校。

走马观花，其大略情形如上述；至其内容组织详则，和学生校内生活，不是在几个钟头里所能看到的。

二、南京高师的附中和附小

参观完了东大遂到附中，经过了许多（室）：化学室，研究室，会议室，出版室，生物标本用品预备室和附中银行，就到初级中学二年级去参观，这一点钟是公民；功课也不引人的兴趣，而且又是饭后第一时，所以我们一组人进去，到惊了不少学生的睡！教室内光线充足，窗外风景，有青山草田，很能引起学生一种自然美的诱导。初级三年级国文，见在板壁上写着“鲁有秋胡……”的一段故事，教师在讲台上口讲手画的津津有味，所以学生在下面，都欣然听着，课堂中的空气，当时能引起人的精神。我们约参观了有十几分钟。图画教室，装置异常合适，用途亦很大；满壁画图，可惜无暇细看。图书室很普通，有各种杂志和报纸。

高级中学二班，初级有三级，一，二，三，共六班，此外尚有两班四年级生。经费每月四千，学生三百六十人。学生精神比武高附中活泼，设备亦比武高稍为完全，这是极显明容易看到的。

附小离高师很近，所以我们就走过去；这个学校，我在北京常听说是小学中最好最新的一处。我今天来，比较的兴味很浓厚；不但我一人，我们同学心理都是这样。大门是一个旧式的黑漆门，到门房艾一情先生拿了一张学校的片子给他，让他传去；这个门房很骄傲的样子，把我们打量一下才进去，这一进去，准有十几分钟才出来，说：“等一等”。我们这时光站都站累了，就坐在檐下待着，猛抬头见中门上有一大匾，上边有八个红字：“随地涕吐，罚倒痰盂”。待了又有十分钟，才出来一位先生，很不高兴的样子——或是我们扰了他的午眠？走出来勉强的招呼了一下，我们才进去，这时光我们的兴趣，已打消在那二十分钟的等候里边了。

中门里有学生名牌，白色在校，黑色不在校。右边挂着的是“薛容七郇磬”。这是有别人见薛容有错处不守规则的时候，可以找七级的教师郇磬教训他。中间放着一个竹屏，上头有白纸条“此屏已坏，如有人动，请其赔偿”。罚倒痰盂，赔偿竹屏，都是铁面严厉的布告！

藤工场有各种精巧之小筐小篮，皆为学生的成绩；我们参观的时候，他们正在上课。有极小的图书馆博物馆。壁有木板，写着国内要闻数则。

维城院——（昔日女高教务长所捐）中有清洁处，为儿童洗面擦面处，议事厅，新图书馆等；院中有白兔两只，旁边蹲着两个小朋友，在那里抚他的毛。院中分级，现已下课，故不去参观教室。

杜威院——（为杜威博士所捐修）。院中有游戏室，音乐室，作业室；地板异常光采，儿童进去，都要换鞋；所以我们只可在外边瞻望。出了杜威院，那位领导的先生说“重要的地方都完了，还要看就请自便吧！”说完扬长而去。我们对于这学校的内容组织，既无从打听，除了仅知道学生有五百人外，一概都茫然！只好自己找路出来，我们同学都觉着可笑！这学校招待参观的规则我们莫看见，不知道这种先等二十分失陪二十分，是该校的招待定例呢，还是参观的太多厌烦了呢，还是那位先生莫有睡醒呢？这几个问题，在我脑中，现在还萦绕着。那位先生的官僚气概那样足，如果要是该校的重要人物，岂不是把教育官僚化了吗？

三、江苏省立第四师范及其附小

六月一号的九时，我们乘着车去四师参观，一路所经的街市，据云在南京为最热闹，如吉祥街等。到了四师，在门上有“英灵蔚起”，“正谊明道”的匾，写的异常挺秀，此外尚有横额为“十年树木长风烟”，此校舍为从前的钟山画院改建，故尚有旧址存在。我们先到应接室，图画满壁，美丽耀目，玻璃橱内有竹工和国文成绩等陈列。

课务为选科制，分三科，选科范围较大，分国文、英文、技能。学校组织分教育、事务、训育，每年训育考察，有训育会议。学级编制，师范五班，预科一班，学生二百四十人，教员五十人。每月经费四万九千。薪俸重要者一元半，次要者一元。

一年级文字学，系南京文字学家王栋培先生教授。二年级数学教员，为佘先生，系国会议员，讲解明了，磊落有名士风，无官僚气。理化器械尚敷用，博物教室、标本室、研究室皆在一起，甚方便。标本多系学生自己采集。

校舍中有湖甚清。湖前有话雨轩，极苍老有古风。此校校舍环境既多古风，故学生精神，比较为不活泼，而对于研究功课比较苦学。

出了师范的门，就是小学的校舍，距离很近；校地很大，而且遍植花草，清气宜人；院中有滑下台，小朋友们都活泼泼地在那上边滑下，顽憨可爱！

参观教授，都是教生实习，态度一望就能看出；高级二年上博物，教生的年龄，和学生差不多，活泼一堂，每个儿童的脸上，都映着红霞，现出微微的笑容！高三上国文，教生的态度极不自然，看见我们进去，更觉不安，在板壁上写字都写不来。我们都觉着抱歉，即刻就退出去。初级二年级，教生实习国文，态度异常诚恳，把自己的精神完全注在学生身上，启发儿童的心理和识见，常如一朵花一样的在心里展开。他在一问一答之中，都含着几分诚意，而在面孔上现出笑容，使学生的心神，也完全贯注在教师的精神内，发出一种特别的彩色。他们所作的功课，是给慎级的同级写信，教师问学生一句，就写到板壁上，成了一封很简单的信。

初级三年级算术，教生同学生的精神很统一，他们共同的作业在极静的空气里；我们进去未免有点惊破他们的空气。总之在这小学里，完全是参观教授，而且很令人满意。小学除武昌高师附小，此比较为最好，学生比武昌活泼；而训育上比较稍逊武高附小。

四、江苏第一女师范及其附小

女学校里特别有一种色采，是优美的表现，一进门就感到种和暖幽美的空气！我们在应接室里稍待了一会，出来位图书馆管理员（女）带着我们参观。

学级分九班，中学三班，本科四班，预科一班，幼稚师范一班，学生约有四百余人，每年经费五万余。参观中三的体操、垒球，教师系体育师范毕业，精神活泼，姿态优美；故学生极有规律而姿势正确。

参观成绩室，书画甚佳，笔势挺秀，有绣屏数幅，远山含翠，绿树荫浓，手工很精巧。有一对绣花枕头，亦极尽巧工。标本器械室，设备在初级师范尚属敷用；特别有烹饪室，结构甚完美、简单。国画教室极优美，清雅之气，扑人眉宇。娱乐室有各种中西乐具陈列，此外尚有家事实习室，结构精美，布置井然，有桌椅床铺，镜台围屏。我们去参观的时光，有几位女同学在那里看书．桌上的鲜花，娇艳解语，作为读书的伴侣，极有趣。学校布置点缀极尽幽美，学生态度又极其活泼，由竹篱花间，偶闻歌声抑扬，纱幕低垂，琴声嘹亮，拨动了我游子的心弦！适在午餐，未得参观教授殊憾！

附小距离师范甚近，幼稚师范和蒙养园因时间匆促，未能去参观，可惜！小学一进门就看见许多牌子，上边写着“上海路”“吴淞区”，一月以后，变换一次，凡一路中各区颜色皆相同，同他路是异色的；每区内再分为某级。学生共三百四十人，经费每年一万。有作业室、游戏室、读书室，教室内有儿童用书橱。高级学生去参观试验飞机，初级因该校将开游艺会，去讲演厅表演；我们因来的非时，送返华洋旅馆。晚，陶行知妹妹，请我们去赴茶话会。

五、金陵大学

校舍建筑规模略同协和医学。分农、商（上海）、文、理、蚕、林、医、师范等科；学生，大学约三百余人，小学，幼稚合计将千人；每年经费四十万。参观理化用品标本及研究室之多，约有七八处，分高级同低级。有气压机可供全校之用；有炉，利用木屑，烧至六百度，将木屑中的汁泄出，由汽变水，分析后遂成酒精同油；以此可以研究木屑中的含有物。化学教员预备室中之药品，已可抵平常学校一校之用；化学教室中，有雨水管，井水管，煤气管，每二人用一桌，每桌必有此三管。学生如借用东西，即一玻璃管必记账，每学期结算一次。此外参观的有：工业化验室、棉花研究室、电汽化验室、化学分析肥料豆科室、生物公共卫生科。有一个英国人，给我们讲昆虫学与病理学的关系，蚊同飞虫的害人。

图书馆的墙，都砌的是明太祖的城墙上的砖，有洪武二十五年的碑文，和大秦景教流行中国碑，关壮穆的神像，所藏中西书籍很富。大礼堂比协和大，为镜框式的舞台形，可容一千人。

已散课，故未能参观教授；天阴欲雨，未能尽兴，匆匆返旅舍。

（八）金陵的古迹

一、鸡鸣寺

由东大参观后，步行游鸡鸣寺。缘途张绿树幕，铺苍苔作毡。慢慢地上台山（即鸡鸣山），幸而有两旁的杨槐遮赤日，山间的清风拂去炎热。到了半山已望见鸡鸣寺，隐约现于浓阴中。

惠和拉着我坐在路旁的一块石上稍息。望下去，只见弯曲的成了一道翠幕张满的道。赤日由树叶的缝里露出，印在地下成了种种的花纹。在那倾斜的浓绿山下，时时能听到小鸟啁啾，和她们娇脆的笑声，在山里回音，特别觉着响亮！我同惠和、宝珍并着肩连谈连笑的上山去，约摸十分钟的时间，已到了鸡鸣寺前，一抬头就看见对面壁上，画着一幅《水淹金山寺》的图；寺门上有四个大红字是“皆大欢喜”。进去转了有一二个弯就到了正殿；钟声嘹亮，香烟萦绕，八大罗汉里边，只有二三个穿着新衣服——金装，其余都破衣烂裳，愁眉苦眼，有种很伤心的样子！罗汉中同时有幸有不幸啊！

临窗为玄武湖，碧水荡漾，平静如镜。苍苔绿茵，一望皆青。远山含烟，氤氲云间。我问庙里的道士，说是：“幕府山”。窗下一望，可摸着杨柳的顶头，惠风中颤荡着的杨柳，婀娜飘舞，像对着我们鞠躬一样！湖山青碧，景致潇洒，俯仰之间，只觉心神怡然，融化在宇宙自然之中。我们六七个人，聚在一桌吃茶，卧薪伏在窗上慢慢地已睡去。我们同芗蘅谈到北京东岳庙里的鬼，说着津津有味的时候，艾一情先生说：“天晚了，走吧！”我们遂出了正殿，我临走的时候，向窗下一望，已披了一层烟云的幕，把湖山风景遮了起来。一路瑟瑟树声，哀婉鸟语；深黑的林内，蕴蓄着无穷的神秘和阴森。台城的左右，都是革命志士的坟墓，白杨萧森，英魂赫耀，一腔未洒完的热血，将永埋在黄土的深处！

二、明陵

六月二号的清晨，我们由华洋旅馆出发，坐着马车去游明陵。一路乱石满道，破垣颓壁，倾斜路旁；烬余碑瓦，堆成小屋，土人聊避风雨；一种凄凉荒芜景象，令人不觉发生一种说不出的悲哀！行了有三里路，就到了朱洪武的故宫，现在改为古物陈列室。里边的东西很多，但没有什么很珍贵的；有宋本业寺嘉定经幢，冶山阴八卦石的说明：

> 朝天宫宋为天庆观之玄妙观，又改永寿宫；明洪武十七年，赐令百额朝贺习仪于此，自杨溥以来即为宫观。此石传有四世。又传冶山之清殿下，为明太祖真葬处。石为青石所刻，在美正学堂在东北角冶操场，握得此石。

（还有）方氏荔青轩石刻残石，凤凰台诗碣残石，六朝宫内的禁石础。《凤凰台碑记》节录如下：

> 金陵凤凰台在聚宝门内花盝冈，南朝宋元嘉中有神爵至，乃置凤凰里，起台于山中……台极壮丽，凭临大江，明初江流徙去，凤去台空，此碑始出土。

此外尚有多种，不暇细看：有明隆庆井床，旧在聚宝门内五贵桥上；鸡鸣寺甘露井石，铜殿遗迹，系粤军毁殿时所余，重十八斤，佛十七座；明报恩寺塔砖（第八层），高一尺四寸，宽一尺，为苏泥制，上镌佛像多尊。一大明通行宝钞铜版；六朝法云寺铜观音像；清瑞云寺古藤狮像，此像神奇如活现；上坐佛极壮丽活泼，刻工非常精细，高约四尺余。此外有宋朝刀剑数种，梁光宅寺铸名臣铜像。最令人注意的就是中间所立的方孝儒血迹碑，据云天阴时血迹鲜赤晶莹；有左宗棠书明靖难忠臣血迹碑记。在此逗留仅二十分钟，故所得甚少。上述皆当时连看连写，惜未能多留。此团体旅行之不便处。我出了陈列所的门，她们已都上车，芗蘅仍在车旁等着我。一路青草遍径，田畦皆碧；快到明陵的时候，已看见石人石马，倒倾在荒草间，绿树中已能隐约地望着红墙。我们下车走了进去，青石铺地，苍苔满径，两旁苍松古柏，奇特万状；有治隆唐宋大碑，尚有美、英、日、俄、法、意六国保存明陵碑。中国古迹而让外人保存，亦历史怪事。正殿内有明太祖高皇帝像，下颚突出，两耳垂肩，貌极奇怪，或即所谓帝王像应如此。人深洞，青石已剥消粉碎；洞尽处，一片倾斜山坡，遍植柏槐；登其上，风声瑟瑟，草虫唧唧，小鸟依然在碧茫中为数百年的英魂，作哀悼之歌！

三、紫霞洞

循着孝陵的红围墙下，绕至紫金山前，我一个人离了他们，随着个引路的牧童走去，在崎岖的山石里，浓绿的树荫下，我常发生一种最神妙幽美的感觉。在那草径里时有黄白蝴蝶翩翩其中，我在野草的叶上捉了一个，放在我的笔记本里夹着。我正走着，山石崎岖，厌烦极了，觉着非常干燥，忽然淙淙的水声，由山涧中冲出，汇为小溪，清可鉴底，映着五色的小石，异常美丽。我遂在一块石头上洗我的手绢，包了一手绢的小石头。我正要往前走，肖岩在后边说："等等我。"她来了，我们俩遂随着牧童去。路经石榴院，遍植榴花，其红如染，落英满地，为此山特别装点，美丽无比。

牧童说："看！快到了！"只见一片青翠山峰，岩如玉屏，晶莹可爱！遇石桥，拾级而上，至半山已可望见寺院，犬闻足音，狂吠不已，牧童叱之，遂默然去。至紫霞道院，逢一疯道人，是由四川峨嵋山游方至此。其言语有令人懂的，有令人百思不解的；其疯与否不能辨，但据牧童说是"不可理，说起来莫有完"。紫霞道院中有紫霞洞，其深邃阴凉，令人神清，有瀑布倒挂，宛然白练，纤尘不染，其清华朗润，沁人心脾！忽有钟声，敲破山中的寂寞，拨动着游子的心弦。飘渺的白云，也停在青峦。高山流水，兴尽于此。寻旧径，披草莱，回首一望，只见霞光万道随着暮云慢慢地沉下去了。

四、莫愁湖

进了花岩庵已现着一种清雅风姿，游人甚多，且富雅士。楼阁虽平列无奇，但英雄事业，美人香草，在湖中图画，莲池风景内，常映着此种秀媚雄伟，令人感慨靡已！

登胜棋楼，有徐中山王的像；两旁的对联好的很多：

英雄有将相才，浩气钟两朝，可泣可歌，此身合画凌云阁；

美人无脂粉态，湖光鉴千顷，绘声绘影，斯楼不减郁金香。

风景宛当年，淮月同流商女恨；

英雄淘不尽，湖云常为美人留。

六代莺华，并作王侯清净地；

一湖烟水，荡开儿女古今愁。

同惠和又进到西院，四围楼阁，中凿莲池，但已非琼楼绮阁，状极荒凉！有亭额曰“荷花生日”，南旁的对联是：

时局类残棋，羡他草昧英雄，大地山河赢一著；

佳名传轶乘，对此荷花秋水，美人心迹更双清。

对面有楼不高而敞，额曰“月到风来”，惜隔莲池，对联未能看清楚。再上为曾公阁，横额为“江天小阁坐人寰”，中悬曾文正公遗像一幅，对联为：

玳梁燕空，玉座苔移，千古尚留凭吊处；
天际遥青，城头浓翠，一樽来坐画图间。

凭窗一望，镜水平铺，荷花映日，远山含翠，阴木如森，真的古往今来，英雄美人能有几何？而更能香迹遗千古，事业安天下，则英雄美人今虽泥灭躯壳，但苟有足令人回忆的，仍然可以在宇宙中永存。余友纫秋常羡英雄美人！但未知英雄常困草昧，美人罕遇知音，同为天涯憾事，质之纫秋，以为如何？

壁间有联，如：

红藕花开，打桨人犹夸粉黛；
朱门草没，登楼我自吊英雄。

憾江上石头，抵不住浊流尘梦，柳枝何处，桃叶无踪，转羡他名将美人，燕息能留千古（容）；

问湖边月色，照过了多少年华，玉树歌余，金莲舞后，收拾这残山剩水，莺花犹是六朝春。

江山再劫，收拾残局，好凭湖影花光，净洗余氛见休壑；

楼阁周遮，低回灵迹，中有美人名将，平分片席到烟波。

莫愁小像，悬徐中王像后凭湖的楼上，轻盈妙年，俨然国色，眉黛闻隐有余恨！旁有联为：

湖水纵无秋，狂客未妨浇竹叶；
美人不知处，化身犹自现莲花。

因尚有雨花台未游，故未能细观湖光花影，殊为长恨。莫愁俗人，或以为楼阁平淡，荷池无奇，湖光山色，亦不能独擅胜概。但仁者见仁，智者见智；胸有怀抱的人登临，则大可作毕生逗留！湖光花影，血泪染江山半片，琼楼绮阁，又何莫非昙花空梦！据古证今，则此雪泥鸿爪，草草游踪，安知不为后人所凭吊云。

未游秦淮河，未登清凉山；雨花台草厅数间，沙土小石，堆集成丘。除带回几粒晶洁美颜的石子外，其余金田战绩，本同胞相残，无甚可叙，省着点笔墨，去奉敬我渴望如醉的西湖罢！

（九）浙江的教育

一、浙江第一师范及其附小

六月四号的下午由沪杭车抵沪，博物系的同学住在教育会。但教育会没有这许多床搭铺，一定要睡地板；我们都觉着不便，遂住在湖山新旅社。一间房内有两张床，可以住四个人，我就和芗蘅、金环、竹雅住了一间。晚间无事把《流萤的火焰》录出。五号早八时遂到一师——即大毒案发现地——参观，一进门即觉阴气森森，自是心理上的作用；至接待室，同该校招待询谈此案真相，现尚未结束云。我们心理都抱着一种特别感触，略略把大概参观一下。

这学校是清光绪三十四年设立，名浙江两级师范学堂，民国二年始改为今名。每年经费三万八千八百二十二元，学生共三百七十六，班次共八班，预科有两班，一年级师范有两班，二年级有两班，三、四年级各一班。博物标本室尚完全，多为学生自己所采集；博物陈列室，即成绩室，有生物、植物、动物模型，同画图、竹工、编工等成绩。图书馆未进去参观，仅知下午一时开，九时闭而已，作工室，手工器械室，手工标本室，中以铁器为多。博物实验室中之设备甚精巧。画图教室，琳琅满目，美不胜收；大半皆西湖风景。有西洋画研究会，每月展览一次。理化教室设备甚完全。现化学用器，都置橱内锁闭甚严；因前次毒案中之毒质，系由此取出故。学生精神活泼，唯面黄肌瘦，因曾服毒新愈的缘故；据云现尚有五六人仍在医院中。

此校校舍宏壮，而设备异常完全，井然不紊；学生自动力，特别发达。虽几十分钟内一瞥的成绩，但江浙教育素来闻名，观南京同此地，知其教育实有可观。

附小在校内，共十二班，高初各六级，学生三百八十人，经费五千六百八十。教授为教生实习，我们去参观的时候，正是下课；学生精神活泼，天真烂漫，令人可爱。我本想参观教授，后来湖山新旅社有人打电话说，有人找我，所以我只可回去。

二、浙江省立女子师范及其附小

学校建筑情形甚古老，为资本家的旧居，每月租金三百元。招待室两旁壁上，有许多奖状同褒状，鹄候了有几分钟，遂入招待室。成绩室绣工最佳！尤有特色的就是曾在万国博览会得第一的《巴拿马运河》，尚有《雷峰夕照》，景致俨然与雷峰真景无差分毫。其他木工、编花、图画、书法，皆极有可观。此校学生共三百二十人。经费，小学在内约三万余；师范六班，中学二班。本二年级分东西两级，皆上国文；本三上几何；壁上有横额题为："人淡如菊"。左为礼堂，兼音乐教室，我们参观的时候，正上《音乐通论》；教师讲得很清楚。院中凿石为洞，幽深清凉，遍植修竹；有四五女同学，坐其下观书，浓阴笼罩，俨然画图中。中学一年级上文法，二年级上作文，三年级上代数，为女教员教授，沿途中参观学校，女教员上课，此为第一次遇见。理化用品陈列室，女学校设备比较皆多不完备，但此校设备已大有可观，理化教室桌凳亦比较合适；三四年级分组实习，另有公共用品。

中学学生，皆年幼而比较活泼，在教室中亦自动力发达，发问很多；女学校我以为以此为最佳。

附小下课，唯见学生在院中玩绳环，及滑下台，旁有女教员数人，在此保护指导。蒙养园尚未下课，遂去蒙养园参观。分五个桌子教授，每一桌有六人；有认数码的，有穿珠的，都是四五岁的小孩。低着头默默地作她们的工作。有一极美而极活泼之小孩，眉黛如画，桃腮欲滴，我爱极，俯吻其墨染的短发！孝颜笑着推我一下，拉着我的手到一个画图的桌上（看）小孩随意画，有画狗的，有画兔的；画下的居多是怪样。我们笑，小孩也笑。我们出来，无他处可参观，遂乘车返旅馆。浙江为了西湖的缘故，只参观了这两个学校。

我出了校门上了车的时候，第一组参观团的许先生跑来递给我一封信，原来是由北京纫秋寄来的。以下就是我的西湖生活，也就是我参观的目的；我将要把一切抛去，静着心去领略西湖的妙处。

（十）西湖的风景

（另有诗独咏西湖，题为《烟水余影》，登《诗学》刊十一期）

西湖风景，我怀慕渴望已非一日；在学校我的朋友多是浙江人，往往月下花前，谈西湖名胜，辄令我神游梦寐；在那时“西湖”已深深地镌印在我的心里，种着很深的苗。所以当时我能把心神都化在那里，在细纹的湖水里，反映出我的影子；我才知道不是梦境的虚幻。但我在西湖逗留了五六天，所得的印影，都如电光一瞬；现在想起来，依然是梦境，所余的仅仅一点模糊回忆。我现在幽居在山城里，窗外雨声淅沥，恼人愁怀；欹斜花影，反映纸上；我披卷握管，预备把我的回忆和当时情形，写在纸上；但这是最令我胆怯的。我的心异常的懦弱，竟使我写不下去。这时候我接到君宇的一封信，他这信是和我谈风景的，中有一段和我现在濡毫难下的情形相同：

“本来人与宇宙，感着的不见得说得出，说出的不见得写得出；口头与笔端所表示的，绝不是兴感的整个。就像我自己，跑遍了半个地球，国内东部各省都走过了。山水之美虽都历历犹在目中，但是要以口或笔来形容它们，我总是做不出。有时我也找得最好的诗句，恨笔不在手底不能写出来，然而就是当时笔在手边又何尝写得出呢？好的诗句，是念不出的，更是写不出的；好的风景是画不出的，更是描不出。越是诗人，越多兴感，越觉得描写技短，又何怪你觉你游过的景物不可写出呢？然而我总愿世人应得把他的才能志愿，将宇宙一切图画了出来。你不笑这是个永不能达的妄想吗？”

这信内说的非常透彻，但我准不能为西湖而搁笔，只好尽我的能力做去。

六月五号的下午，我们去游西湖。一望湖水潋滟，一片空明，千峰紫翠；冠山为寺，架木作亭，楼台烟雨，绮丽清幽；昔日观画图恐西湖不如画，今乃知画何足以尽西湖？我们坐着小艇慢慢划着；微风过处，金鳞涌游，烈日反映，幻作异彩。只见碧波茫茫，云天苍苍，远山含翠，若烟若雾；一只小艇飘荡着如登仙境。我们同学都衣裳翩翩，意欲凌仙；惠和穿着极薄的绛纱，永叔服着一套绡裳，映在碧波中未尝不与西子增色！慧文向划船的要了桨，想自己撑，但不料反退了回去；我们都笑了起来！两岸绿树之影，映在湖中，碧嫩欲滴，我们一齐都唱起《杏花村》来，协着水中反应，声如玉磬。柳扬水面，映着阳光万点，如绢上的云霓宝钻，撒手一幅彩光万道（图）。美哉！西子。

我们到了苏堤东，有洲，洲旁有三塔影入洲中，就是“三潭印月”。船拢岸上陆，为“小瀛洲”；四围碧树阴蒙，如遮绿幕，回亭水上，横匾为“饮渌”，联为“一桥虚待山光补，片席平分潭影清”。过假山有亭，横匾为三亭字“亭亭亭”，联为“至此地空邀明月，问谁家秋思，吹残玉笛到三更？记故乡亦有仙潭，看一样湖光，添得石桥长九曲”。此处如：

波上平临三塔影，
湖中倒映一轮秋。

四面山光湖水，相映皆碧；中有三塔，内分三潭，青山映潭，潭水印月，宇宙之美，即非中秋来此，俯仰之间都是良辰佳景。几排疏柳中，可以望见断桥残雪；几扇翠屏里，可以看着“雷峰夕照”。仰视青天白云，潭水映影，顿现我象；惜无明月对我，斟酒当歌！莲荷摇曳其上，游鱼游荡于下，小艇一只，撑破荷叶，缓缓渡来，人耶？仙耶？杨万里咏西湖有句：

毕竟西湖六月中，风光不与四时同；
接天莲叶无穷碧，映日荷花别样红。

诚然！不到其处，不知古人写景之妙。我来恰在六月（但非阴历），虽荷花未映日，而莲叶接天，一望皆碧。返故道上船，有月门额曰“竹径通幽”。我拉了金环进去一望，只见青竹撑天，曲折九回，从篱中能望见湖水，其明如镜。尚有明孝贤祠，卧薪说无奇，故牺牲不去看。上船又至白云庵，清高宗题为漪园。净慈寺里有运木古井，济颠当日曾在此运木，留在井中的。老和尚给我们把烛系在绳端放下去看，真是一块木头在里边。

“南屏晚钟”，南屏在净慈寺之后，正对着苏堤，寺钟一动，山谷皆应。据说是济公的显圣处，因为他曾在净慈寺做过书记。雷峰塔在净慈寺前，现已倾塌中空，我同孝颜，披蒙茸，拂苍苔，拾级登雷峰，乱石堆集，悬石欲坠。“俗传这里的砖作炉灶可集福，所以现在的砖都被人拿去”，这是慧文告我说的。我只觉四面风来，摇摇欲倒；吹我衣襟，翩然欲飞，阴沉之气扑人欲咽。俯望西湖，银光灿烂。塔为绛色，矗立于碧绿里，反映在湖水中，而其美丽更在夕照时。昔有姓雷的筑庵于此，后吴越王妃黄氏，就此处建塔，遂名雷峰塔。俗传青白两蛇，镇压塔下，此塔现已倾颓，苟白蛇有能，想早已腾空逸去？

“花港观鱼”，在“映波”和“锁澜”二桥的中间，池中有大金鱼，以饼作饵，鱼始现出。茅亭上遍植藤萝，景致幽雅，卧薪在这里请我们吃茶；清凉草香，令人心醉。竹篱外隐约能看见游人的衣衫飘动。上船后到红栎山庄，俗称高庄，两旁竹高丈余，风过处瑟瑟作声，有一种特别的韵调。我们在高庄的后门等船，只见一支白帆的小艇，慢慢地由断桥下撑来；我眼睛只望着这小船，忽然卧薪在后边叫我去看她买的香珠。从这里上船到水竹居，俗叫“刘庄”，在秀隐桥西，是香山刘学询所建。它的风景佳处，可以在联语中看出：

山色湖光，倒影浑成天上下；

花明柳暗，闻香不辨路西东。

泉石亦经纶，揽全湖多少楼台，试大开绮户，偏倚雕栏，对西子新装，如此文章真美丽；

琴尊容啸傲，游佳日联翩裙屐，有万树琪花，四围岚翠，话天台轶事，本来家世即神仙。

其亭台楼阁花草之美，为湖上庄墅的第一；有藏书处叫望山楼，登其上觉一湾碧水，万叠青山，看烟云变态，共风月清淡，并可以领略万壑中的涛声，六桥间的烟景。

“湖心亭”是明朝知府孙孟建的，初名“振鹭亭”，清圣祖题“静观万类”楼。如明月一轮镌入碧青，如微云一朵，点上河汉；翼然水面，恰在湖心。有“静观万类，天然图画”八字，为清圣祖御书。有联为：

春水绿浮珠一颗，

夕阳红湿地三弓。

游毕“湖心亭”，遂棹归桨；云山模糊，幕烟朦胧；像撒了满天的红霞，被罩着西子，愈增其艳，真是浓妆。（忽有）一种激昂的歌声入耳，陡觉心胸辛酸；半天西湖揽胜凭吊，感慨甚多！迨暮霭迷漫，蓦地一片的时候，我的心又沉在深深的悲哀之渊里。湖水深，恨无穷！幸万灯辉煌，已抵第一码头，拢船上岸，无精打采地回了我们住的旅社。这是第一天游的西湖，在此暂且收束吧。

六月六号上午参观女师，下午仍游西湖。仍由第一码头上船，过卧龙桥。两岸杨树丝丝，芦草瑟瑟，野花一阵阵的香味，送拂襟头；平湖似镜，时闻小鸟啁啾婉转；俨然置身碧玉池内，映影皆绿。舍舟上陆，有船夫给我们引路，一直向灵隐去。两旁松柏杉杨，茂然荫森，如张绿幕。苍苔草径中时有贞节牌坊，和某府某堂之墓道；由黄土小道，蜿蜒而上，则累累皆荒冢。幽深的环境里常有小鸟婉转唱歌，似安慰千古的孤魂，声极凄凉。慢步同芗蘅、惠和联袂相偕。青石铺道，绿阴林下，时有瀑布如挂练，激在小石间，发出极自然的韵调，其声淙淙，清凉芬香，日影映地，仅见花纹零乱。惠和谈她们家乡惠山的风景与我听。走了约有五六里，已到灵隐寺的山门。只见两旁古树参天，青碧一片；奇峰特峙，流水环周。旁有理公塔，上为理公岩；晋时西僧慧理至杭，登山见怪石森立，千态各出，曾云："此中天竺国，灵鹫峰之小岭，不知何年飞来？"后遂名飞来峰，亦呼灵鹫峰。山石不杂土壤，山势若浮若悬；小隙中时（见）生瘦藤古木，都是抱石合皮；云霞横生，孔穴贯达。山壁间满镌佛像，盈千累万不计其数，大小粗细，其工不一。洞在山腹，桥当洞口；度桥进洞里，只见岩崖空幻，石骨玲珑，乳泉滴沥，韵音清心，名"玉乳洞"，又叫"一线天"；香烟萦绕，供铜佛一尊，和尚以长杆，指岩顶裂缝，可见一线天色，故叫"一线天"。静同、永叔在洞外摄一影留念。我们又向前行，清溪边，山岩下，石形奇秀，卓立林间；此地风景殊佳，遂同金环、芗蘅在此摄一影，我斜蹲在山峰上，脚下有清泉一股，白石磷磷突然而起。山侧有放生池，池下为冷泉亭，即八景中的"冷泉猿啸"。亭旁联语甚多，有左文襄公一联为：

在山本清泉，自源头冷起；
入世皆幻峰，从天外飞来。

这亭高不倍寻，广不累大，振前搜胜，真为神仙境地。春天即花碧草香，可以导和纳粹，畅入怀抱；夏天即风冷泉亭可以祛烦消暑，兴我幽情；秋冬即山树作盖，岩石为屏，另有一种悲歌激昂的状况。我在亭栏上俯望清溪内怪石昂藏，流泉湍急，游鱼喷沫，碧藻澄鲜；望着飞来峰峭峻嵯岈，宛如一朵千叶莲花，望奇莫名——，亭下为石门涧，涧旁有壑雷亭，东为“春淙亭”。

云林寺——即灵隐寺，在冷泉的北面，晋僧慧理建；现在系清初僧宏礼重建，为西湖名刹。入正殿见佛高数丈，跪着许多小和尚，两旁的大和尚都披着袈裟，坐着念经。这种生活，亦有趣味，但他们念经时心未必能专一吧？老和尚木鱼一敲，手中拿着的乐器也叮当的奏起来，念经的声音，也特别洪亮。寺左有罗汉堂，内里有五百个罗汉，也是男女老幼，千态万状，以笑容可掬，慈眉善眼的居多数。灵隐寺的对殿，有一副对联是：

胜境重新，门前峰列如屏，未必飞来不飞去；
优游若昔，亭畔水清可掬，漫论泉冷与泉温。

天竺韬光，天色已暮，容后游；遂乘洋车去岳坟，路经栖霞岭、桃溪。岳王庙在栖霞岭下，金碧辉煌，系重建未久；仰庄严之像，不觉凛然。联语甚多，兹择三联，为：

暇日矢忠心，千古仰军人矩矱；

栖霞新庙貌，万方拜中国英雄。

专制杀英雄，千载何人雪国耻？
横流遍宇宙，九州无地哭忠魂。

忠孝节义，萃于一门，间拔南宋伤心史；
祠衬尝蒸，昭乎四祀，可绝西湖堕泪碑。

寺左有启忠祠，祀岳父母，旁有五侯及五夫人祠；精忠墓在寺内，其树木皆向南，秦桧、王氏铸铁像，背缚跪于墓前。门联为：

宋室忠臣留此冢，
岳家母教重如山。

有精忠柏，相传为岳坟柏树历久变石，真的碧血丹心，草木亦为之感动吗？出岳王庙，见湖内泊一帆船，中坐一人，绝类纫秋！询之诸友，亦谓极像。下船渡跨虹桥已望见苏小的墓！所谓“英雄侠骨儿女柔情”又点缀在湖山图画中。旁为鉴湖秋（瑾）墓，草径荒凉，侠气犹存。卧薪说：“这是女界的英雄，我们后生应该行全礼”。我们很恭敬地行了三鞠躬的礼。佳联很多，如：

浙东西冤狱成三，前岳后于，浩气英风侠女子；
湖南北高峰有两，残山剩水，惊魂血泪葬斯人。

共和五载竟前功，英名直抗罗兰，欧亚东西，烈女双烈。

风雨一亭还慧业，抷土重依武穆，湖山今古，秋社千秋。

慧文拜谒了秋瑾墓，要去玉泉看金鱼；我们说，天晚了明天再游。后来，我见她很热心的要去，我们遂把船划到清涟寺。御书为“清涟禅寺”。进门为大雄宝殿，殿后有方池二——即玉泉，清澈鉴底，有五色大鱼数百，映日金鳞耀目，美丽无比！再进内有珍珠泉，再进为鱼乐国，大鱼约有三尺许，以石击之，一翻身，水花四溅。上有洗心亭，凭栏投饵，此为最佳。遂棹归舟，时暮霭笼罩，高歌一曲，余音缭绕水面；晚风拂面，胸襟皆清；此种清凉福几生修到？

昨夜十时余我伏在电灯底下，给北京的朋友写信，写完我正要归寝，忽然淅淅沥沥的落起雨来，洒在芭蕉叶上，奏出很凄凉的音韵。这时景色渐黯淡起来，电灯也惨然无光。由窗外看出去只见黑漆漆一片，雨愈下愈大，我想到一切的旧事，都浮在我的心阈里，烦恼极了。最令我挂念的，就是雨要不止，明天怎样游西湖呢？果然恨事，今天早晨到下午雨犹未止，且愈下愈大，今日的西湖是不能去了，未免扫兴。并且我们有极短的规定；耽误一天，西湖就少游一天，这是多么可惜的事啊！一直到八号的下午，雨稍止，我才能再见到西湖。别后的怅惘是多么幽怨啊！幸而又能三次与西湖把晤。只见细雨蒙蒙，湖水微绉，烟雾成霞，山岚抹黛。

东坡有诗咏西湖初雨：“水光潋滟晴方好，山色空蒙雨亦奇；欲把西湖比西子，淡妆浓抹总相宜。”可知西湖之晴雨皆为佳艳；我不禁欣喜，能看到雨后的西湖：望去如云如烟，似山非山；如月光射到梨花时，由楼上望梨花后之美人，其美在隐约间。船抵葛岭拢岸。葛岭在宝石山西，相传为葛洪炼丹处。上船后雨已止，唯径湿草滑；花草欣然，欲滴露珠；路旁有荒冢，覆满青碧，旁有白泉涌出，其声淙淙。过“兰若精舍”，再进杨柳夹道，槐青松香，满山苍翠。岩间有大瀑布冲下，声犹裂帛，洁如绡练。对面有奇峰峙立，俨如一石砌成，上有“喜雨亭”，一望满湖风景，翠峦如屏；苏堤杨柳，犹自随风飘舞，历历如涌眼底。有联为：“雨后山光分外青，喜看湖水浓于碧”。在此仰视则红旭一轮，俯窥则翠峦千叠，诚为宇宙内之奇观，愈登愈高至顽石亭，无奇可叙。“揽灿亭”有联为：“江痕斜界东西浙，山色都收内外湖。”能望见全湖，风景历历如画，钱塘如带，横系天边。再上有石碑，额曰：“渥丹养素”，中有古葛岭院，即葛洪住处。再进为玉泉殿，旁有抱朴庐——抱朴，葛洪之别号。再上为炼丹台，石洞中供葛仙像。登炼丹台，已能全望钱塘。在湖中的小舟，宛如凫鹅游泳；四围碧青，拥护仙寰。有联为：“岭上白云千万片，时闻鸾鹤下仙坛”。再上为“观光”，有联为：“晓曰初升，荡得山色湖光，试登绝顶；仙人何处，剩有石台丹井，来结闲缘”。此处有关内侯葛洪像。有碑日初阳台，地处高朗，最宜远眺，每岁十月朔日，可观月日并升。朝吞旭日，夜纳归蟾，湖光浅碧，层峦矗立；登其上，俯视岩下，烟云由脚下生，风声瑟瑟，殊畏衣薄！开旷心胸，无负披荆棘，出岩砾之苦。葛岭左有“智果寺”，寺旁有杨云友女史墓；南有“云龛亭”，联有：“雾鬓云裳曾入梦，柳塘花屿对是亭。”下葛岭即命船至孤山，一屿耸立，四无依联，又名孤屿；环山迭翠，如列屏几案，一镜平湖，澄波千顷；踞全湖之胜，而能爽然四眺。为林和靖隐处，有“放鹤亭”、“巢居阁”、“林下亭”诸胜。那时我极目水云，由低莲内看游鸥；昂首霄汉，想从林亭中放鹤归；处士风流不羁，看破人生真谛，梅妻鹤子，是真能自乐其生。想当年红梅百本，雪鹤一双，潇洒艳福，谁能比此？“巢居阁”后为林处士墓，有吴唯信题联最佳：

坟草年年一度青，梅花无主自飘零；
定知魂在梅花上，只有春风唤得醒。

墓旁有鹤冢，其形俨然如岳家父子（坟），墓后壁上镌“孤山一片云”五字。后有赵公祠及财神庙。林处士墓侧，马菊香墓前，即为冯小青墓。小青薄命，遗憾千秋。西湖胜景，春花秋月皆为赏心悦目之行乐地，但小青葬孤山，遂与西湖另辟一凄凉境界。读其诗如：“新妆竟与画图争，知在昭阳第几名？瘦影自怜春水照，卿须怜我我怜卿。”其哀怨悲婉，我欲为小青大哭。但我今日能凭吊孤冢，怀想美人在夕阳青紫之间者，抑天之不成就小青于当时，正成就小青于千古。

杨庄为前清杨士琦的别业，现属严姓；风景殊佳，有眷属在内。在客厅稍息吃茶后，遂到西泠印社，内祀丁敬，为印学浙派所宗，丁仁叶铭吴隐王寿祺所创立，内有假山小池，结构精巧。由草径中看见石上镌有“清心佳境”四字，遍植修篁，上有茅亭。再上为仰贤亭，豁然开朗，风景幽秀；水中有石刊“西泠印社”四字，旁有敬身先生石像，有石碑，上刊：

古极龙泓像，描来影欲流；看碑伸鹤颈，柱杖坐苔矶。

世外隐君子，人间大布衣，似寻蝌蚪文，苍颉庙中题。

（袁枚题）

再进有茅亭，名曰“剔藓”。再上即为“观乐楼”，及“四照阁”，阁上有叶翰仙女史所撰：

面面为情，环水抱山山抱水；

心心相印，因人传地地传人。

此外尚有泉唐丁不识所撰一联：

亚字阑，卍字墙，丁字箔，心字香，翼然井然，咸宜左右；

东瞰日，西瞰月，南瞰山，北瞰水，高也明也，宛在中央。

壁间无名诗一首：

搔首乾坤几醉醒，年来游屐未曾停；双柑斗酒孤山路，一片风云护落星。

六桥三竺两模糊，野鹤寒梅一屿孤，删尽繁华归淡泊，寥寥千载一林逋。

山顶荷池，颇宜消夏；湖中风景，此为最佳，因俯瞰环眺，处处皆为胜境，竹韵荷香，总是雅人深致。

公园即行宫改建，复阁回廊，周环相通，凿石为基，削岩成壁，道水成池，植花成幄，以湖山自然之胜，略加人工，其富艳可想。渡桥登山，到后边宫殿建山上，含岩石于殿中，注清泉于座下，一室之中，山水奇观毕具。左右高楼，近可挹湖光，远可以吞山色，惜现多倾颓，已非旧观。

“平湖秋月”为十景中之一，前临外湖，旁构重轩，曲栏画槛，直挹波际；想秋月圆时其风景之美，始能全现；乍视觉一湖蒙潋，几栏回廊，是无足奇。额曰："湖天一碧"，有彭玉麟一联为：

> 凭栏看云影波光，最好是红蓼花疏，白苹秋老；
> 把酒对琼楼玉宇，莫辜负天心月到，水面风来。

平湖秋月，来时非秋更无月，故无景；断桥残雪，来时非冬更无雪，故无景；草径中虫鸣，湖岸旁蛙叫；暮夜风清，飘荡湖中，凝眸望去，俨然海上仙山，隐约恍惚于缥渺虚无之间；望岸上明灯千盏，我又归繁华境地，作无味敷衍的生活，非我所欲的生活啊！

湖上风景，已游其大概，唯异境在山中人迹罕至之处；故今日之游，舍船用竹轿，游行万岩中，希望探窥深幽间的妙处。缘着内湖、白堤，过卧龙山庄、白莲祠面抵葛岑山脚。时天气阴沉，空气清爽，两旁杨柳，碧绿夹道，落花铺地，鸟语如簧，竹轿拂杨披柳，隐约望之，俨然人入画图中！坐轿中不如地行舒适，且无谈伴，幸蝉声抑扬林间，如慰我的沉闷！过玛瑙寺未入内，在此能望见初阳台上顶；黄牛踟蹰于芳草中间；石像已生满苔藓，倒卧草中；处处皆为极雅致之风景。绕岳庙栖霞岭到香山小洞，小湖碧青四环，岸上柳，湖中影，一样碧绿，人影反映亦浸成绿色；俨然游于翠玉浴池！有殿供金佛数尊；洞中供观世音；建于洞壁上，玉乳下滴，幽深清凉；令人生惧心！旁有小楼数间，为夏日避暑地，清凉如秋。上轿过清溪稻田，万顷青碧；野花小草间，时有白黄蛱蝶飞舞其间。路旁峭岩削壁，万骨嶙峋，山势既高，故轿行亦慢；上下振动的速度遂增加。枫叶朱染，映在碧绿的林内，红艳可爱！山坡有花，白黄相间；问轿夫，他说是栗子花。轿抵紫云洞落下；有石坊，额曰"紫云胜境”，有联为“灵鬼灵山风马云车历历，一丘一壑玉阶凉夜情情”。缘石阶上去，有寺名“智禅寺”，再进为大雄宝殿，旁有小门，额曰“洞天福地”，进小门陡觉阴深幽凉，顿使罗衣生寒。缘怪石下去，峭耸嵌空，奇崖削壁，色如暮云凝紫，儿疑身入仙府！从洞口下石级二十余，豅然如堂，内外明朗；岩间玉乳滴沥，声如玉磬；空中石楼倒垂，上设峻槛；拾级上在岩洞中供西方三圣神像，张颂元题“云根净土”于其上。中有泉方可三尺，水极清澈，深不可测，名“七宝泉”。石上满生苍苔，油绿可爱。此洞状既幽深，石都嶙峋，清凉澈骨，寒沁胸襟，真夏季的福地。西湖山中妙景，此其一。壁上石刊诗数首，择一录如下：

黄龙带左栖霞右，牝洞居然居路中，
未可鸣鞭过弗入，春风坐似拂秋风。

下山时在稻田中有一碧头红嘴的小鸟，在水里喝水，见我们轿子过去，它走近两步向我点点头，飞着向碧林中去了！小鸟啊！你认识的故人吗？在我的家乡梅树的枯枝上，我在前二年曾看见一支碧头红嘴的小鸟，在那里啁啾；一天，就飞去永没有再回来；今天这小鸟似非似是，令我不解！但宇宙间事物只可遇之无意中，又何必斤斤然去计较是非呢？当时引起我不少的感想来——我只顾想着这最虚无飘渺的幻想，已经过了灵隐寺，一直上韬光去。一路落花沉涧，鸟语如簧，竹韵涛声，别饶风致！缘石阶曲折而上，有石亭额匾“韬光”两字。再登为韬光禅寺，入内有引水处，金莲池鹤岭，风景幽雅，读书其中，真能足迹不到城市。：再上为吕金仙宗祠，两峰夹峙，翠螺如黛。再上为观海楼，有高宗御书“云岑日观”，有骆宾王之“楼观沧海日，门对浙江潮”。登此真觉海阔天空，别开眼界。再上为炼丹台，有吕仙洞，嵌“丹崖空洞”四字。崖下有水，点滴如乳泉，有老和尚向我们谈吕洞宾故事，颇津津有味。云烟苍茫，风高衣寒；身体摇摇欲坠，几欲飞去！真是“岭树湖云沉足底，江潮海日上眉端”；依稀能看见一线沧海。北高峰我本欲去，后惠和说：“不用去吧，太高了！”下山时，枫叶遍落山涧，红艳可爱！我择了几叶夹到书里。林中徐步，翠幕下甚觉清凉。壑雷亭前瀑布，因雨后更觉美丽，有联如：

飞瀑停水，迹在名山偏耐冷；
巨雷纵壑，心如止水总无惊。

据卧薪告我，北高峰上有景晖亭，亭中有碑，人登其上，如入云中，四面风拂，袖袂生寒，望见西湖如丸，钱塘江已全如瞭掌。十二时我们在灵隐寺旁的饭店，略吃点点心；吃完饭后遂乘轿到天竺去。先到下天竺，自灵隐寺至天门，周围数十里，两山相夹，峦岫重裹，林壑之美，实聚于下天竺。入内香烟萦绕，嗅之欲醉，有许多太太们拿着香烛进香。观音殿上有仙山一座，上有多神，男女皆有；再进为大佛殿，有子孙娘娘神，龛前有许多小孩。庙前有无数香铺，想都是很兴旺的生意！一路上进香的妇女，都联络不绝于道，或坐轿或走。中天竺距下天竺约一里路，法真寺中有池碧青，（有鱼）非金鱼似鲫鱼，长约尺许，亦皆五色。上天竺我们因为都是庙和佛殿，并且听轿夫说和中天竺、下天竺相同，所以我们决计不去上天竺，去龙井山去。

当我轿子过那青翠的山时，我不禁觉着我现时的心太繁杂了，充满了人间的污点同烦闷；我想在西湖的山川里，一濯我二十年来沾染的人间污点。但我的心是最懦弱不过的；我的身体是不自由的。为了白发的双亲、期望和爱恋，我只得在那万恶的深渊里浮沉去，人间的丝已缚得我紧紧地；我斩不断我天性中的爱恋啊！万绿丛中我在轿里想着，这许多风景，也是一时的印痕，如电光一般的过去了；离合聚散，都在这一瞥里；明天我将要别了我永久爱恋的西湖去。白香山说：“未能抛得杭州去，一半勾留为此湖。”我不禁也感到这种痛苦；愿留着我未画的西湖，作我他日的逗留。

两岸稻田秧穗，一束束在水的浅处浸着。前面屏着青翠的山，旁边临着碧绿的泉；天上啊？人间？每一个枝头，都留我一点粉屑碎了的心在里边。过路里鸡龙山的中间，有庙正在唱戏，观者很多。时时能看见草里的荒冢，山坡下有几间瓦房，小鸡都散在坡下的草地上觅食，其间花香扑鼻，水声淙淙，竹韵瑟瑟，这好景在我的脑海里已堆集成好几层；所以使我更觉着模糊。不觉已到龙井，亭曰“过豁亭”，有泉自山巅冲下，汇成小溪，绿萍满覆，旁有茅屋数间。抵龙井寺，遂下轿，见墅上碑字已模糊不能辨，再进，匾为“引人入胜”，壁上有“风篁余韵”，“爱其瑰青”，皆高宗御笔。圆洞中出泉，激成瀑布，如练下奔，井水供品茶用，有“钟灵毓秀”刊石上，有“龙泉试茗”刊其崖顶，山石成阶，琢自天成。有极大山洞，石洁如玉，雨后润泽欲滴。右行有小亭，有康有为题“江湖一勺亭”；茶树尚在狮子峰，距此尚有二里遥。至小亭稍息，茶淡而香，亭上可观西湖之一角，白银一片，民房如鳞，清风徐来，心胸皆醉，竹韵冷然，如置身清凉画图中。

轿行山下，蜿蜒而上，俯视下方，云烟脚底；至绝顶，同学辈皆下轿步行，隐约碧绿中衣衫鲜丽。抵烟霞洞，旁有石极光滑，皆山水浸泽的缘故。绿槐修竹，张天如幕。（沿）阶级登：其顶有“烟霞此地多”五字嵌石壁内，有诗刊石上：“初入烟霞片乱无，老憎学信住茅屋；往来三十余年后，琼岛瑶台曲径铺。

久仰名山幽境寻，六旬有二惯登临；自来小住清阁课，煮茗浇花乐更深。”壁皆满刊佛像，如飞来峰，有洞甚深，轿夫云内有蛇，故未敢进去。壁刊“天留胜地”四字。再上为“陟屺亭”，有联为“得来山水奇观，与君选胜；对此烟霞佳景，使我思亲”。山壁上有“佛地诗情”。登此一望，群峦列笏，迎风长啸；修竹万竿。幽寂高岑；我觉西湖各风景，此为我最爱。有“吸江亭”，旁有题词为：“学信开土新辟一亭，自烟霞洞凿石通径而上；远吞山光，俯挹江潮，往来空气呼吸可通，请题客额，以吸江称之。”有联为“四大空中独留云往，一峰缺处远看潮来”。远望旭日出海，江湖涌金，晓雾成霞，山岚抹黛。烟云冉冉，生于脚下；幽壑深林，风景特殊；我不禁留恋久之。下有双栖冢，系周兑枳与其夫人金凤藻女士合葬于此。再上为师复墓，师复为世界语学者，社会主义宣传者，创晦鸣学舍世界语研究会，发刊《民声》杂志，后呕血死，葬于此地。有卧狮阁，因匆匆下未探其秘，至洞口，有慧文同孝琪购茶。我拾级下，俯望万绿荫遮，烟霞丛生，瀑流喷薄，坠玉飞珠，涧水深幽，调笙鼓瑟，仰视可摸罗松之末，飘渺入云。那时我的灵魂不禁出云霄而凌驾烟霞，冉冉扶摇直上！再上为南高峰，为经济时间，未暇登其巅。乘轿过夕岚亭，对面为“南高揽胜”，登南高必经之途。时已夕阳西下，赤日已敛其光辉，清风徐来，胸襟豁然开朗；山坡下有白羊游于碧草间，山崖中有鸡觅食稻粟，有携筐村女，其清艳不带俗像，岂亦西湖之钟秀欤？

大仁寺内有石屋洞，壁刊“印心石屋”；洞门嵌“沧海浮螺”，崖如刀削，嶙峋作顶，上刊无数佛像。池中一有青红小石，晶莹可爱，水清可鉴底，有二飞仙，系裸体女神，面相向嵌两壁顶上。有汇真泉，再上有乾坤洞小石屋，奇石卧地，圆滑可鉴；再上为青龙洞，蜿蜒深入；唯惜时间已暮，故未能尽兴探奇，今回忆之殊甚怅怅！出此洞，一路秀峰削立，小溪横流。抵定慧禅寺，山门有石塔旁立，高约五尺。无山不青，无水不韵，石涧中涌泉，喧声如西子呢喃！于荫清凉，杜鹃啁啾；美景皆是，惜我无生花妙笔。佛殿内有方池，宽长各二尺，水取之不竭，亦不溢出，名“虎跑泉”。壁上东坡题诗，已模糊，不过尚可观其大概，为：

紫李黄瓜村路香，
乌纱白葛道衣裳；
凉避门野寺松荫，
转欹枕风轩梦长。
因病得闲殊不恶，
心安是药更无方；
道人不惜阶前水，
惜与匏樽自去尝。

后有济祖道院。再进为紫金罗汉阿那尊者济公佛祖的塔。游完至亭稍息，略品虎跑清泉，遂出寺。一路风来夜寒，碧崖翠峦皆笼罩在烟云中。蝉声喧谷，山林欲眠，湖水苍碧，雷峰默立中；崖中隐约间吐出烟云，遮遍湖中。暮云四合，晚景模糊；山水烟云浑成一片。我在共游四次，而湖光山色，峰峦迭翠，在在皆觉恋人。我在船中只觉着山色依依，尚知不舍；湖水漾漾，宛若留人；可怜我“征途行色惨风烟，祖帐离声咽管弦”，“处处回首何堪恋，就中难别是湖边”。（可）把白香山别西湖的诗，拿来表我当时的情形。

（十一）一瞥中的上海

六月十号的早晨，我们坐了船到“三潭印月”照一个全体像，作为此次旅行团的纪念，藉此又和西湖把晤了一小时。返旅馆后收拾东西，用午餐已十一时；餐后乘车到车站。武高的同学，恰巧也是同天到上海，我们遂挂了一辆车。在车里很愉快地谈天，惠和给我口述《红泪影》的始末，永叔听着津津有味，遂同金环借了去看。当时车里静寂了许久。我闲着无聊的很，遂蜷伏在车上睡去，想想西湖的影片，验验我的脑海里印了许多？这样很模糊地睡去，到了下午四时，芗蘅才喊我起来，同到车外的扶拦上看风景。这样遂把时间慢慢地挨延过去。下午七时到上海，寄宿在女青年会；已有家事工组的同学王郑两君接我们去。女青年会很方便，并且招待的也好，有一个小姑娘服侍我们，我们的生活也就稍微因地方变更了一点。

上海的天气热极，十一号的上午，商务印书馆的招待黄警顽先生已来领导我们去参观上海的学校。我们因为上海的体育学校比较多，所以我们参观的学校，居多是体育学校。第一个就是中国女子体育学校，距离昆山路很远，在西门林荫路精武体育会内；是个私立学校，在光绪三十四年秋季开办，统计先后共毕业十三次。凡高小毕业就可投考，是个中等程度的性质。所授科目分学、术两部分，就是理论和技术两部分；并余外注重音学，修业年限是二年毕业，经费一学期两千多（自费收入），支出约三千；教员共十三位，女教员五位，舞蹈三人，体操两人。现学生共四十名，分两班教授；我们去参观的时候正上英文，课堂在楼上，拿布屏分作两间；现在校舍正在建筑，此系暂时借住，故一切甚杂乱无章。操场、网球场都是同精武会共用，有拿竹子作下的盾阵，中心为小亭；这也是中国国技的一门。

参观完中国女子体操学校以后，我们就到体育师范参观去；因考试温课，故不能参观上课。这是个比较很有名的学校，我们耳鼓里常听见人说，所以我们特别注意。设备的器械，同女高同；尚有窗梯水平杠等没有；体育房比较女高宽而短，木板刊地较为合适。有两班学生四十余人，课程亦分理论和技术，性质是中等程度，毕业期限从前是二年，现亦改为三年。外国学校，比较清洁，而校舍四围的风景特别美丽。校园中网球场，碧草平铺，如绒毡然。树木阴森，风景甚佳，有小水池，金鱼数头，游泳其中。

沪江女子体育专门学校，在上海西门唐家湾小菜场南首，地址甚小，大概可以够住；性质系高等专门，以中学毕业者为合格，期限是二年毕业，一年分两学期；现分一年级二年级，每级共四十名，每年春秋二季，各招生一次。科目亦分理论同技术。开办尚未及半年，今年正月才开课，现仅有学生二十四人，经费每月两千元。章程上的预定，皆按学期实行；教员选择亦甚严格，均富有学识及经验者。据主事孙和宾云，办体育学校在上海很困难，同行的阻力和妒忌很厉害，所以他日日都是在奋斗之中勉力！学生上课无论技术、理论都一律着操衣，雄赳赳的很有点气概。参观国文上古诗。壁上遍挂矫正姿势的基本体操图。参观器械室，仅几种简单的轻器械，饭厅同栉沐室在一块，尚属清洁。操场在学校对面，拿竹席把上面左右四围都遮起来，非常清凉，系租借民地用的。孙和宾先生令他们的学生，表演二十分钟的舞蹈给我们看：二年级是“雁舞”“黄莺舞”；一年级表演“蝴蝶舞”同“形意舞”，成绩很好。苟此校能抱着他那最完善的宗旨继续下去，即体育人才将来产出，必较他处为佳。

中华武术会附设体育师范同公共运动场，此外尚有妇孺运动会，无可述者。遂至务本女学参观，学生共五百余，中学四班，高小四班，小学四班；职员，中学十七人，女十二人，小学九人，女教员十五人。经费，中学七七三〇，小学五六三七。地址很大，系女校长。参观体育教授，教员姿态太软，宜于教舞蹈，不宜教体操；教师姿势太快，不能正确，故学生之姿势大半无一个正确的，下肢运动太多，胸腹两部分无运动，放学生多为狭胸弓背，腹部挺出。中学学生，看去像高等小学的学生，成绩既佳，且甚活泼；画画尤以桐乡严蔚然女士为最佳！校园亦很别致巧小；在此用午餐后，遂到第二师范去参观。

第二师范学校，我们先到的是卫生模型展览会，中有花柳病的全体模型，脑充血之各种模型，设备很完全。学生共三百二十，中有女生十人。学级编制一部五班，中有预科一班，二部一班。常年经费连小学四万余。课堂同实验室相连。本二上国语，系北高毕业生教授，端坐在椅上，拿北京话谈故事，听起来和他的神气很像游艺园说大鼓书的。体育馆刚竣工，尚未布置好，共分楼上下两层。学生精神活泼，对于体育甚有兴味研究，所以能产出王庚君之富于研究体、音（者），而在体育界将来必大有贡献！其所著小学体育教授法规现正在付印中。

美术专门学校。为武进刘海粟先生创办，民国元年起至今已二十年，校址共分三院：第一院西门白云观，二院西门林荫路口，三院上海林荫路底。分西洋画科，高等师范科，中国画科，雕塑科，工艺图案科。西洋画科修业期四年，初级师范为二年，其余都是三年。学生二百八十六人，十年度经费为五万二千元。学生课外研究有各种集会，如书学研究会，乐学研究会，工艺美术研究会，文学研究会，画学研究会，舞蹈研究会，讲演会等。我们参观裸体写生，是从外边雇的女子，每月二十元的酬金。补习教育有函授学校，系美术附设。

在上海除参观学校外，蒙黄警顽先生导领参观商务印书馆，他的组织是股份有限公司，现已二十余年，资本金五百万元。分印刷所、编辑所、发行所三大机关，每所又设有所长、总理一切事务。我们到印刷所，在招待室略稍息用茶后，遂参观各处，规模很大，占地约七十余亩，布置极为完备，有印刷工场四，铁工厂、铸工场、各种制造工厂十余处，均系极大之厂屋。各种制造工场十余处，水塔一座，可常储二万加伦之清水。女工哺乳室专为女工有小儿哺乳之用；此外尚有花园同聚院，亦清洁而幽雅。自制机器陈列室，陈列机器各种，皆该所自制品。印刷所工友计男子二千五百余人，女子五百余人，此外零件杂工复不下千余人；尚另联有高等技师，及专门学者。并附设有尚公学校，及养真幼稚园，商业补习学校，毕业后可在本公司服务。因时间关系，仅参观大概而已。

上海地方繁华嚣乱，简直一片闹声的沙漠罢了！所以我除了参观了几个学校和买一点东西外，就在女青年会伏着看书。我半分的留恋都莫有，对于这闹声的沙漠。

（十二）海轮上的生活

我好容易盼到是今天下午上船去——六月十五号。我觉着异常的高兴，宛如我去西湖一样。下午乘着小船渡到黄浦江，因为颖州船在浦东停着。这船是明天清晨才开往青岛去，所以今天晚上还是住在船上；我们包了一个舱，比较的还减轻点痛苦。热气腾沸，煤炭铺满了甲板，令人感着种说不出的感觉来。我和芗蘅住了一间房舱，把行李收拾后，遂把那圆形的窗打开，让换换这清鲜空气。我们遂锁了门，到甲板上换空气；看小船都在那风浪中挣着进行，我们看见险极了！望黄浦江岸上的灯光辉煌，像缀了一列的夜光珠。江上帆船、海船都一列的排着，红灯绿灯在波光中闪烁着，映出一道光路，照在我的眼帘内。现时暮色苍茫，包围着黑暗之神临到。我觉着很怅惘，遂回到我那六尺长四尺宽的官舱内寻那飘泊的梦去。

今日（十六日）我从迷惘的梦中醒来，从那圆窗中望去，白烟氤氲，雾气沉沉，把一片黄浦江，撑了一支白罗的幕帐，一切的船只都锁在那白雾中间。我梳洗后（到）甲板上去看看，只见一提提的黑煤由浦东往船上挑，黑脸黑手的苦工可怜极了！那时西北角涌来一阵阵的黑云都阴沉沉底陷在最沉闷的幕下！果然没一刻，倾盆的大雨下起来！把甲板上煤冲了个干净。待了一会，我回到房舱去躺着，但无聊极了，只好把《小说月报》拿出来看看；听着窗外雨声淅沥，杂着各种噪音，一阵阵都送入我耳鼓。

十二时，船慢慢地开驶了！遂到甲板上望着吴淞，乘风破浪地向目的地进行去。下午六时已入海，稍觉簸荡，尚不十分的痛苦，一埋首我又回到睡乡找生涯去。晚上一点钟的时候，我醒来睁开眼，开了房舱都静静地在觅香甜的梦哩；残淡的电灯（光）印在我的脸上，耳中只听到船走的声音，我脑筋非常的清楚，清醒。夜寒了，我加了一层毡子盖上，闭着眼凝神的静养着。我忽然想到我毕业后，也一样同在这大海里的波浪危险一样。神秘的人生啊！将奈何？我负着这莫大的恐惧，去敲那社会的门呵……

十七号早晨，梳洗后我出了舱门，一望水天相接，青翠的海水，激着白色的浪花，荡着鱼鳞般的波纹；这是何等的伟大美丽啊？俄而太阳出来，映着碧波，幻出万道银光，直射入我的眼帘。波涛滚滚，破浪直进。我遂把日记本拿到甲板上写着。我同惠和又谈到北京的绣妹情形，她非常的焦忧！俄而孝颜来叫我回到房舱去吃饼干去。用午餐后睡得二小时，醒来时只见芗蘅同慧文下棋。下午起大雾，船行甚慢；我不觉的发生了无数感慨！晚十二时船停多时，因雾大，不能前进的缘故；同学都头晕呕吐，我同芗蘅倒非常舒适。

十八号，早晨，向海上一望，白雾漫漫，船仍不能开驶，同学大半皆面黄肌瘦，状态极其狼狈。海中浪花翻激，有水母游泳其中。十二时已抵青岛，风景殊佳；下船时大雨倾盆，衣单天寒，此种滋味，真第一次领略。到青岛这天，正是端午节，我们住到了东华旅社的楼上。

（十三）图画中的青岛

青岛的风景，我已听见过朋友告诉我，所以早就深印在脑海中，我常常在理想中有一个青岛据着，但和实际上的青岛是一点也不同。六月十九号的清晨，我们坐着马车去参观：一路风景之美俨然图画，前有碧青的大海，后背翠螺的山峰；两旁小树，剪的非常整齐，嫩绿可爱。洋式的楼上，都是绛黄色的房顶，覆满了紫的藤，红的花，绿的草。道路的清洁，较东交民巷之外国租地，尤讲究。在青岛的街上走，和游园一样的舒适。

青岛私立中学校，今年四月二十号开学，为刘子山先生所创办，地址同经费，皆刘先生所捐助；刘先生系东莱银行股东云。校舍建于海滨，空气清鲜，风景优美；学生在此读书，诚不知几生修到？至接待室楼上，极目远眺，俯望大海荡漾，青翠一碧，红瓦如鳞，一间有绿树荫蒙，较登黄鹤楼望长江，风景甚殊。学生皆一律着黑色制服，学生精神稍欠活泼，课堂内异常严肃。共有一班学生四十余人，分两组，AB 两组，英文和算术，学生外籍者多，内地人甚少，教室光线充足，清洁，壁作西湖色，故不伤目力，寝室在楼上，每屋约可住五六人，皆一律铁床，覆以白毯，整齐清洁之至。举目一望，水天一色；海光山色，云霞满目；想当夜阑人静时，凭窗远眺，对此美景，当不忍负此佳景在黑甜乡中！一幅图画包围着，其日夜之静养，当可产生几个大诗人大文豪！

青波荡漾，云山苍茫，由窗中望去，有清溪，有小桥，有山有树，碧荫如幕，朱房碧水，隐约其中。学生客厅，以围屏障之，隔为游艺室，有乒乓房。

此校虽系初办，但职员皆异常热心；青岛中学，仅此一处，故我甚望该校日益发达！青岛教育，实利赖之。

由此校出门坐车，路经树林，成坡形，两旁树木阴森，碧绿可爱，时闻花香鸟语，入耳清脆可听。俄而至日本中学，门如宫门成圆形，大理石作柱石，以花纹砌地。此校共四百人，有五级，经费每年十二万。学生下课上课以喇叭为号，精神异常活泼！设备甚完全，在山东采集的动物标本最多。据云此校之设备，比日本国内之中学校为更完全。物理化学实验室，设备亦完全。武道场——即体育房，分两部分，中间部分为柔道，外边为剑击，柔道之地板有弹性，可免危险，旁有洗澡室、脱衣室。

画图教室，壁上有各种油画，风景皆青岛本地风景。露天操场，设备完全，有水平杠，铁杠，跳高架等……大礼堂兼音乐教室；壁上挂历代帝王像，中悬“天壤无穷”四字。略一参观遂到日本女学校去。

日本青岛高等女学校，建于大正六百十七年，学生三百余，共分八班，每班分两组，此外尚有补习科；经费每年七万。博物同理科器械室同实验室相连，设备极完全，与女高师同。作法教室，即家事实习室，铺席于地，有一块深色之木窗，离地约有二尺，中有一花瓶，插花按季节；门外有铁茶具一，有假垫二。日本的女子教育，是专为做成贤妻良母的，所以缝纫、烹饪特别注重。体操场甚大，正上课，学生精神活泼，姿势正确；这一点中国学生，我参观一周（所见），几无一校能比得上；此次远东失败诚然！史地标本室，有上古时代至今日之模型。寄宿舍有洗面室、理发室、浴室、阅览室，面会室，病室、储藏室，楼下有炊事室。寄宿处同讲堂间隔，不在一处。

胶济商埠屠兽场，已成立二十年，德人所建，共需八十四万马克，现为中日合办，有机器做冰室，细菌检验室，藏肉室，设备甚完全，皆分部分宰割，日可宰数百头，以铁钻罩于牛（或猪羊）首，以锤一击即死，然后解剖为各部分，分售于外，或做成罐头售于国外，以国外售者为最多。并有陈列室，陈列各种成绩在内。据云六时内可宰牛八百五十头，猪羊一千头。

下午三时出发游青岛名胜，一路至龙江路，路甚平坦，两旁杨柳荫浓，日本中学学生在道旁赛跑，有几个体育教员，一路监督。于此见日本人对于体育之热诚，无怪其在远东运动会夺得标旗了。

海上烟雾迷漫，浪花一层层推来，激石成白花，淙淙可听；至德国炮台，草地有两个外国人，睡着呼吸空气。其上有个炮台，转到树林后，拾级而下，有炮台密室，中有机器，可转炮眼的方向，以前此地系禁地。兵房建于地下，我们都执着烛进去，满地皆水，尚有烂木，堆在地下；再进去，有德兵煮好之牛肉一锅，现尚保存为古迹。中有汽锅汽炉，皆已锈绿不堪。登炮台一望，大海青碧，中有小岛，上建一灯塔，即青岛是。

第一公园，风景甚美，两旁遍植樱花，叫樱花路；中有忠魂碑，系日本为其阵亡兵士所建。惟尽属人工，故无甚曲折。又至外国茔，皆为极美丽之石镌，上有各种花纹，同刊成之人物。凡雕工良者，多被日本人拿去，尚有掘去痕迹。有中国女子坟，系一广东人，同德国人结婚，死后葬此。以铁栏栏之，上刻一极美之女像，手拈玫瑰花一枝，含笑低首，西装而中国人的面貌。旁有两个女神，长着翅，可惜一个手臂已击断。坟上花香扑鼻，蛱蝶纷飞，较我国之荒冢凄凉，别有风致。似觉泉下人可含笑静眠，无感着惨凄的景象。

参观督办公署，同省长行辕，即昔日德人之领事馆，建筑之美，莫可形容，灯皆极美丽之流苏，毯皆极绒厚之花纹，玻璃砖砌地，云母石作顶，壁悬极美丽之风景画。有花房，有跳舞场。种种花样之帐幔垂地，寂寂无声，不禁令人生一种今昔之感。

青岛地既傍海，且可直泊岸，故在商业上极便利；一下轮船即可直接上火车，此天津、上海不如青岛。但航权操之外人手，上岸者又都是外国货，在我国的利益殊无可图。教育私立学校最宜，因青岛为特别区域，对于济南不能脱离，不能混合，故经费甚困难，不易开办，现拟办青岛大学云。

森林有三十英里，青岛海水多，河水少，森林可以为间接取水用。北方山枯，有森林可润泽空气，又可加美风景；但民多砍伐，只好每年多植。

在青岛逗留约一日，由青岛私立中学，转来女高师拍来电报，令我们从速回去行毕业式，所以我们只好赶回去。晚上私立中学校，给我们开欢迎会，我因头痛未去。日本女子高等学校，给我们送来糖果数种，第一组来的时候，曾请她们聚餐，因为我们走的匆忙，故给我们送东西来；这也是友谊周到处。

（十四）匆忙中的济南

六月二十号的早晨八时，我们遂上了胶济车，到济南去；我又埋首去睡。芗蘅在梦中唤醒我，同我谈那将来的事情，和我们到社会上去的困难。下午八时到济南，我们到山东女师范寄宿，适值她们开送别会，因为有毕业的学生。我一路强挣精神，到此已身疲力竭，不能强再支持；不料金环得了脑贫血，请了齐鲁大学医科的医生来看，吃了点药水，打了一针，才好点。一晚都朦胧着，我身上发热，我想或者明天不能起来！

二十一号勉强起床，我上午未去参观；下午去游大明湖。

大明湖，我常听永叔说风景不错，所以我想未得和西湖一样，或者也有点特别风韵，勉强支持去品评它去。到湖边一望，芦草绿浓，风过处，一片瑟瑟声。在芦苇的缝里，或可看一点很浊的湖水。我当时就觉着失望！我们雇扁舟先到历下亭，两旁都芦草，中间有三个船宽的一条绿水。到历下亭，亭中有石碑，乾隆题着“渔歌隔浦远，桥影卧波湾”；有轩，联为“抱榭石泉流添几分人影衣香风月都教山水占；凭栏鱼鸟过睹四面柳塘莲溆渔樵还让鹭鸥来。”写的风景未免太佳，但可惜吹的只吹，而大明湖，固俨然自守其为朴素之村女，不作明媚之西子。“万迭鱼鳞漾空碧，千丸佛髻拥遥青”，这两句是实写，大明湖的佳处，就在望中有千佛山。“云蓝水碧之间看杨柳楼台荷花世界，树绿山青而外认圣贤桑梓齐鲁封疆”，写大明湖偏借重孔子和封疆，是遮饰语。

由此到汇泉寺，有妇人（苏州）烧香，使我猛忆到天竺路上！内有弥勒佛一尊，现在改为武术教育讲习所。无景，只壁上有“靠天吃饭”石。出此到张公祠，供前清山东巡抚张曜；“伟绩竟黄河两岸昆仑东至海，崇祠壮青岱遥连鹊华近凭湖，”写景写实。有一件为民的事，百姓绝不致忘德的。民国以来的大人物，眼睛只在地位高、洋钱多，将来只好多铸几尊铁像供奉吧！此外尚有北极阁等，因天晚亦无好景，仅闻芦苇瑟瑟而已。惠和促令返棹，遂满载荷香而归。登岸一望，不见湖水，只见芦苇摇曳。徐世光题历下亭：“最好是秋月圆时春晴雪后”，惜哉！我来既非秋月圆时，又非春晴雪后，冒然评之，当然大明湖有几分不服气吧！

返女师后，整顿行装，又购无数的玻璃字镇和玻璃丝，遂于翌日乘津浦车返京。匆匆游踪，遂告结束。返京后，情景依然；回思种种，恍如梦境之难可追忆；仅脑海中荡漾着几幅很模糊的影片而已。

假期中乘窗前花影，晶洁月色，暇来握管追忆，模糊恍惚中，成此余影。脑海中堆集既多，不免淆乱，一切谬误，尚祈见者见谅！作后所以发表于此者，藉以答好友质询，及（向）学校中报告。

评梅附识。

十二年九月三号女高师